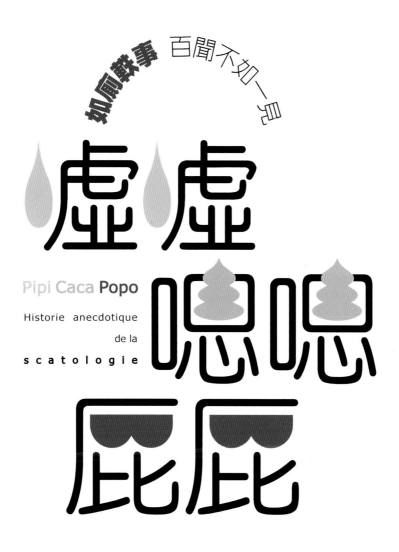

如廁軼事 百聞不如一見

虛虛嗯嗯屁屁

Pipi Caca Popo

Historie anecdotique

de la

scatologie

作者———尚‧菲薩斯（Jean Feixas） 譯者———魏冬菊

臉譜書房 FS0008

噓噓、嗯嗯、屁屁
Pipi Caca Popo

作　　　　者　尚・菲薩斯 Jean Feixas
譯　　　　者　魏多菊
封 面 設 計　沈佳德
發 　行 　人　涂玉雲
出　　　　版　臉譜出版
發　　　　行　城邦文化事業股份有限公司
　　　　　　　台北市信義路二段213號11樓
　　　　　　　電話：02）23560933　傳真：02）23419100
　　　　　　　E-mail：faces@cite.com.tw
　　　　　　　英屬蓋曼群島商家庭傳媒股份有限公司城邦分公司
　　　　　　　台北市民生東路二段141號2樓
　　　　　　　讀者服務專線：0800-020-299
　　　　　　　服務時間：週一至週五9:30~12:00；13:30~17:30
　　　　　　　24小時傳真服務：02）25170999
　　　　　　　讀者服務信箱：E-mail:cs@cite.com.tw
　　　　　　　郵撥帳號：19833503英屬蓋曼群島商家庭傳媒股份有限公司城邦分公司
　　　　　　　城邦網址：http://www.cite.com.tw

香 港 發 行　城邦（香港）出版集團有限公司
　　　　　　　香港灣仔軒尼詩道235號3樓

馬 新 發 行　城邦（新、馬）出版集團
　　　　　　　Cite (M) Sdn. Bhd. (458372 U)
　　　　　　　11, Jalan 30D/146, Desa Tasik, Sungai Besi,
　　　　　　　57000 Kuala Lumpur, Malaysia

初 版 一 刷　2007年07月26日
　　　　　　　ISBN 978-986-7058-97-3
　　　　　　　版權所有・翻印必究（Printed in Taiwan）

定價320元

噓噓、嗯嗯、屁屁 / 尚・菲薩斯（Jean Feixas）
著；魏多菊譯. — 初版. – 台北市：臉譜
出版：城邦文化. 家庭傳媒城邦分公司發行,
2007.07
　面：　公分. —（臉譜書房：FS0008）
譯自：Pipi Caca Popo
ISBN 978-986-7058-97-3（平裝）

876.6　　　　　　　　96012608

目　錄

前　言

　　「我認識的人中少有人懂得如廁的藝術。」1726年強納生·斯威夫特（Jonathan Swift）於「偉大的奧秘或者馬桶上的沉思錄」（Le Grand Mystère ou l'art de méditer sur la garde-robe）一書中寫道，「絕大多數人在執行這項生理功能的時候，要不然就是匆匆忙忙，恍若不情願似的；要不然就是漫不經心，好像這個動作無甚要緊。解開褲襠的當兒，動作任意又粗魯，更遑論帶給周遭的臭味，當然更別談如廁時，臉部出現擠眉弄眼的怪表情和粗蠻的呻吟，上述都是種種如廁文化亟待改革的理由。」

　　那麼，何來如此不文雅之說呢？難道是為了方便一些假學究和偽君子，這些撒旦的愛徒，得以輕易地偽裝成正人君子？在所謂主題正當的小說裡，一定會描寫主角吃飯、喝酒、抽煙、打哈欠、奔跑、睡覺、做夢、做愛、工作、偷竊或殺人的情節，但是除非為了強調他們破口大罵的樣子，否則甚少出現拉屎或拉尿等字眼。古羅馬時代談糞便這回事倒沒有這麼多的忌諱。我們只要稍微往幾世紀前的歷史糞堆裡挖掘，只要仔細地研究其來龍去脈，就可以在遠古的神聖洞穴中，發現一些令人玩味的糞尿化石和一些神奇或壯觀的廁所壁畫。顯然，這些遺跡完全來自神聖的上天。

　　皮耶·拉胡斯（Pierre Larousse）於「十九世紀世界百科辭典」（Le Grand Dictionnaire universel du XIXe siècle）中引述，說明「嗯嗯」（caca）兩字的意義，「此兒童用語，源自於拉丁文cacare（大便），意指糞便」，文中並且描述了一段有趣的軼事：「有位村婦抱著一名小孩走向祭壇。當神父俯身，準備將聖餅放在這位前來領聖體的婦女口中時，婦人抱著的小孩突然伸出手，想搶走聖餅。『小朋友，小心！』直率單純的老神父對他說：『別碰喔！這是便便。』」

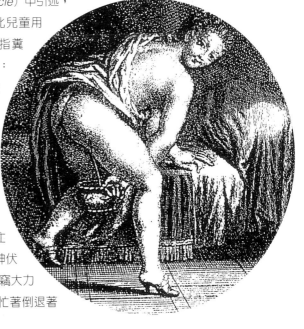

　　卡凱（Caca）本是位女神。她是卡科斯（Cacus）的妹妹，後者是個無賴，住在阿梵丹山（Aventin），是火神兼勞動之神伏爾甘（Vulcain）的兒子。伏爾甘本來想偷竊大力士赫克力士（Hercule）的牛群，正當他忙著倒退著

右圖：
「如廁前和如廁後」

版畫
十九世紀
卡納瓦雷博物館收藏

離開時，卻被大力士給殺了。所以，卡凱是個同音異義的字，但是也許該字本身另有涵義。

另外，「世界百科辭典」（Le Grand Dictionnaire universel）中噓噓（Pipi）一詞的定義為「希臘人偶爾用來指稱唯一真神的稱呼，原因是這個字在希伯來文中，通常也唸為耶和華。顯然，這又是另一個同音異義字。但是，沒有上一個來得巧合。知曉此一典故的拉伯雷（Rabelais 1494-1553年），在巨人傳中安排了一段著名的「巴奴日（Panurge）的羊群」，他讓單德諾（Dindenault）開口誇耀說他所販售的羊群的尿液，「就像上帝在田地上灑了一泡尿一樣」，能夠讓田野變得肥肥沃沃。

拉伯雷同樣描寫過那些貪嘴好吃的龐大固埃人（Pantagruel）如何崇拜他們大腹便便的蓋斯特神（Gaster）。後者認為世人一定是為了詔媚他，才將他描述的如此誇張。他很謙虛，並不好自詡為神：「拉匹諾弗可不這麼認為。」（Iasanophore，為蓋斯特神職掌倒便盆的工作）於是，蓋斯特神派了他的貓騎士去查看自己的馬桶，要他們仔細觀察和思考，看看究竟可以在他的排泄物裡找到什麼神啓。

既然神聖無所不在，那麼排泄物自然也應該是妙不可喻。埃及法老王的藥師將聖禽的排泄物調製成軟膏及藥霜。現今甚少有人提及古羅馬時代的藥神——艾斯居拉（Esculape），他極推崇母牛尿的藥效，而西方醫藥之父希波克拉底（Hippocrate）則偏好以公牛的屎，攪入騾糞，並混以鵝油，製成藥劑。一八六一年，米涅（Migne）神父在其編著的「首部神學百科全書」（Première Encyclopédie théologique）中寫道，「眾所周知，追求獨立的西藏宗教領袖達賴喇嘛被世人奉為神。他的排泄物宛若聖物般被保存。經曬乾，磨成粉末後，裝入鑲有寶石的黃金寶盅，再獻給最偉大的君王。他的尿液據稱乃是萬靈丹，可以治癒各種疑難雜症。」

姑且讓我們認為這是另一種文明吧！不過仔細想想，西方文明歷史中亦不乏其例。例如，參加凡爾賽宮皇室的如廁儀式，若幸運得見國王排便量多的話，此乃莫大的榮耀，足以確保宮廷朝臣擁有美好快樂的一天。

而「您好嗎？」這句話，本是社交場合中單純的一句問候語，應該沒有隱含另一種好奇的想法——「你……今天上廁所了嗎？」

Y a du monde !

第一章

風俗習慣

小心，禍從天降！

　　早在公廁尚未出現之前，人們趁著夜黑，從窗戶往外傾倒廢水、尿液，甚至糞便，絲毫不感到羞報。雖然當時設有「小心，禍從天降！」的警告標語，但「一切往外倒」的生活習慣，多少對路人造成威脅。羅馬拉丁詩人朱文納爾（Juvénal）在諷刺詩（Satires）中提醒過那些粗心大意的夜遊者，要他們小心提防被「盆傾大『雨』淋得狼狽不堪……」。

　　有不少的名人都發生過類似的軼事。有次，法王聖路易（Saint Louis）趁著天未亮，欲趕往科德利耶（Cordeliers）教堂做晨間彌撒，路上竟被尿桶澆了一頭。國王非但沒有降罪，還賜予這名窮書生享有教士的俸祿，因為國王認為「天未亮即起，此必好學之人」。十八世紀八卦作家夏爾．戴維諾．得．莫洪（Charles Thévenot de Morande，1748-1808）在「乞丐政策」（Police sur les mendiants）一書中述及十八世紀凡爾賽宮內令皇族顏面無光的風俗行為：「即使貴為王儲夫人的朵芬夫人（Madame la Dauphine）也會碰上這些狗屁倒灶的倒楣事。話說，有天她乘坐轎子行經傭人房樓時，有人自三樓的窗戶倒下一盆屎糞，恰巧落在她的轎子上，頓時把隨行的教士及侍衛濺得滿身，是故，所有的人不得不拋下她，趕忙換裝去了。」

　　從窗戶傾倒穢物的情節曾經是喜劇裡不可或缺的主題，顯然這正是當時一般人的生活習性之一。連偉大的劇作家都無法抗拒這類迷人的戲劇手法。滑稽劇作家司卡洪（Scarron，1610-1660）在「札菲．阿荷梅尼先生」（Don Japhet d'Arménie）一劇中也運用了相同的搞笑情節。這名劇中的倒楣鬼主角穿著睡衣站在陽台，突然天降「甘霖」，讓樓上的老女傭結結實實灑了一身的屎尿。

　　當時，這樣的創作手法是票房成功的保證，總是能引起觀眾哄堂大笑。莫里哀（Molière，1622-1673）也在他的第一齣喜劇「冒失鬼」（L'Etourdi）中採用相同的情節手法。有名的民俗歷史學家亞蘭．雷沙吉（Alain Lesage，1668-1747），他同時也是著名的「跛腳的惡魔」（Diable boiteux）及「吉爾．布拉斯」（Gil Blas de Santillane）兩本書的作者，曾毫不避諱地描述

Avant!　　　　　Pendant　　　　　Après!

一名馬德里男孩碰到諸如此類的倒楣事，這位作者以反諷的手法，形容為「恍如頭罩香料盒，沁人心脾」。

　　其實這種令人氣憤的行為是嚴令禁止的。從十四世紀起，國王經常詔令百姓，禁止往馬路傾倒臭氣沖天且日復一日的傾盆之「屎」。這樣的擔憂往往與害怕引發瘟疫大流行有關。然而，三令五申的結果，成效依然不彰。

在法國，那種被稱為「低地國」的一連串動作，從古早開始便在光天化日之下進行。

版畫，十九世紀下半葉。

聊聊「夜壺」一、二事

　　無論材質為金、銀、錫、銅、彩陶或瓷器，或者牛角或烤漆鐵皮，夜壺伴隨著人類的歷史跨越了好多個世紀。後來的世世代代以來，無論顯貴名門，還是無名小卒，有誰不曾對這個舉世聞名的用具致上至高無上的敬意呢？

　　夜壺的使用者並不限於一般人。達官貴人也使用它，而且很早就開始使用這個必要之壺（又稱為「重要」之壺），從古代的遺蹟和古書中，我們可以發現夜壺最早出現在法老王時代或希臘羅馬時代。依據希臘歷史

學家希羅多德（Hérodote）的記載，軍旅出身的埃及國王阿瑪西斯（Amasis，西元前569-前526）當時欲使黃袍加身，為了贏得各方的認同，不以他的平民出身為忤，曾善用權謀，將自用的黃金夜壺，鎔鑄成歐西里斯（Osiris）神像，供人膜拜。有了這個受大家崇拜的神像，他從此順利登上國王寶座，享盡榮華富貴，並受到子民的愛戴和尊敬。

羅馬政治家暨演說家西賽羅（Cicéron）曾嘲諷當時社會新崛起的富人新貴，後者堅持只願意使用產自科林斯（Corinthe）的銅夜壺。同樣的，克萊蒙‧達雷桑德里（Clément d'Alexandrie，約西元160-216年）身為希臘哲學家及天主教聖師，並著有「結」（Stromates）一書為眾人熟知，他曾痛批那些為了滿足個人需求，使用銀製便器的人。拉丁詩人馬席亞勒（Martial，西元43-104）向來依靠揮霍成性的富豪貴族，供給他的生活所需，而他最無法忍受的事，就是別人拒絕他或是接待他時表現得不尊重，尤其是在餐宴場合上。如果遇到吝於接待他的貴族，他通常會寫下極端刻薄的文章，含沙射影的以極端刻薄的言詞批評主人的吝嗇小氣，「他竟然坐在金製便器上接待我，真是不要臉的傢伙！這麼珍貴的容器，他不過用來裝自己從肚子裡排出的廢物，但卻夠我吃上一年半載！」

法國自高盧時代至十六世紀，一般俗稱夜壺為便盆（le pot）。拉伯雷名之為尿壺（pot à pisser）。布洪多蒙（Brantôme，1540-1614）在所著的「貴婦的生活」（Vie des dames galantes）一書中，亦借用此一說法，描述那些「有教養的夫人，其口臭之重有如尿壺之味」。

夜壺（le pot de chambre）二字真正出現於大世紀（Grand Siècle）之初。緣起於艾荷瓦（Héroard）大夫曾乩其著作中提及「夜壺」二字。這位大夫乃是亨利四世（Henri IV）欽點擔任未來王儲路易十三（Louis XIII）的教師及御醫。艾荷瓦在日誌中鉅細靡遺地詳載了未來皇子路易十三的生活細節（法國史學家米希列〔Michelet〕輕蔑地稱之為「路易十三的消化日誌」），其中特別提到亨利四世的愛妃賈碧艾勒‧艾斯特菲（Gabrielle d'Estrées）擁有的一只銀製便盆，連王子都對它愛不釋手，並且毫不隱藏的表現出想要占有的妒意。

法國樞機主教暨丞相馬薩林（Mazarin）似乎也擁有幾個夜壺，其中一只為玻璃製品，另外兩只為銀製品。這些為公爵、王子使用的便盆，一如專供出遊時使用的皮盒，外觀鑲有押花的圖樣以及主人的徽章。有時，這些大人物也會使用毫不起眼的陶製夜壺——不過，使用後給予的風評倒是不怎麼樣。帕拉蒂（Palatine）公主碰到的糗事就足茲證明：「有人給我準備了一只陶製夜壺。我將它放在藤椅上。我不小心用勁過大，便盆隨

儘管警方祭出諸多警告，巴黎的路人依舊免不了收到這種「天上掉下來的禮物」。
石版畫。作於1820-1830年間。卡納瓦雷博物館收藏。

即應聲而裂。還好，我撐著桌子，要不然我一定跌得四腳朝天……幸虧我反應快，及時跳開，否則陶土碎片鐵定砸得我傷痕累累。」

「夜壺」之戰

大名鼎鼎的耶穌會教士路易‧布荷達魯（Louis Bourdaloue，1632-1704）以擅長講道聞名，（在宮廷中）倡導了新的信仰世代。他的衣服配件或個人衛生用品都標有他的姓氏。當然這是莫大榮耀的表現。

然而，為什麼在十七世紀末和十八世紀初，「夜壺」竟有了一個新的別名，叫做布荷達魯（Bourdalou）呢？這個問題至今仍然眾說紛紜。「因為名聞遐邇的布道者路易‧布荷達魯為王宮貴族的告解神父，必須聆聽宮廷貴婦各式各樣、無奇不有的私密，所以夜壺的別名實乃影射他專門蒐集大家的牢騷，才有此一說！」十九世紀世界百科辭典中如是說。這乃是最早、亦最傳統的解釋。

但這並非一千零一種解釋；亦有人提出「布荷達魯」一詞，其實是反諷的用法，藉以諷刺布荷達魯神父對重罰和嚴懲的主張──因為「夜壺」就其功能而言，和他所推崇的嚴以律己的原則無異是南轅北轍。或許，當時這樣的說法多少有點反教會的意味。或許有人為了削弱宗教於當時所代表的權威及領導的地位，故意將神父之名諱與毫無尊貴的生活用品混為一談。

甚至還有人認為，因為耶穌教士的講道時間實在太長（喔！可是，有那麼多熱誠的聽道者呢！），所以，參加的貴婦都必須自行攜帶小「夜壺」方便，才不至於錯失講道神父口中道出的字字珠璣。

另一個歧義在於這個名詞出現的時間。許多人引用當代有名的耶穌會教士（或哪個作者）編著的當代詞典裡的解釋，其中毫不避諱提及「夜壺」一詞，雖然仍不足以界定為何被稱為「布荷達魯」。直到一個世紀之後，該詞義才得以撥雲見日。儘管只是個別稱，而且多多少少帶點促狹和譏諷的意味，事實上這樣的說法並沒有馬上蔚為流行。另外，還有人假設，早在這個詞語普及之前，「布荷達魯」就是已經存在的「經典」說法，並無任何其他影射諷喻的背後意圖。除上述的說法之外，大家對於夜壺本身的功

1855年，這款《布荷達魯》夜壺讓一位板金工人整整被因禁了一個月，因為他製造並且販售這種在底部的琺瑯瓷上畫了一顆睜大的眼睛、旁邊還寫著「我看到囉」幾個字的夜壺。尚‧菲薩斯收藏。

能，也是意見分歧，換言之，究竟夜壺的實際作用為何，說法不一而足。
各派「歷史學家」只針對其中一點得到共識：就是夜壺一定是橢圓形。較
小的便盆，器身中腹內收者，稱之為「母」盆；反之，較大的便盆，器身
中腹外張者，謂之「公」盆。不管是哪一種橢圓形狀，到底還蘊藏多少寓
意深遠的涵義呢？

　　首先，我們可以說橢圓形並非由「布荷達魯」而來的創意。希臘人
和拉丁人都使用長形的便器做為尿盆，然而（細節仍然很重要，接下來就
會談到）希臘拉丁式的「盆」（如amis, matella, lasanum, scaphium都是
指這類的器物），其功能非常多樣化，可以拿來插花，甚至……用來盛
酒！之後，有人聲稱此乃最美麗的「盆」，因為，無論是從外觀的裝飾或
者從有限的容量（約150至175公撮）來看，都不足以做為便器之用。
「大錯特錯！」對便器懷抱著狂熱的人想必一定會這麼說！有人反駁：這
些「便盆」並非「夜」壺，而是僅僅提供日間需要時使用，單次使用的
「日」盆。那麼，小得不能再小的便盆又該怎麼解釋呢？那是給小孩子使
用的！照此推論，似乎再也沒有討論的必要了。

　　實際上，只有「便盆」底部刻劃有淫逸圖樣（那些盆底畫了一隻眼

「拿破崙脫褲子坐在夜壺上」，或者
「戰敗的帝國」。
哥提耶的諷刺版畫，1815。卡納瓦
雷博物館收藏。

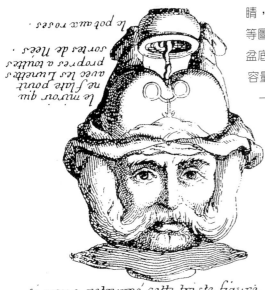

le pot aux roses.

le miroir qui ne flate point avec les Lunettes sorties a toutes sortes de Nées.

si vous retourné cette triste figure vous verez de quoy vous mirer il ne flatte personne il ne se peut caser jamais glace n'a fait telle posture.

想要看清楚那一只玫瑰便盆，就得把此圖倒過來欣賞。
民俗複製版畫。十八世紀末。尚．菲薩斯收藏。

睛，寫著「我看到囉！」或是「女士們的好時光」等圖說）才是如假包換的「布荷達魯」便盆。有些盆底甚至畫上人物像。直至十八世紀，依據盆子的容量及個人的想像，便盆脫離了原先的功能，搖身一變成了：船形調味杯、品酒杯，甚至是加蓋的湯碗！說來，不也是因為這些器物本身如此迷人所致嗎？正因為對此器物的模糊界定，法王路易十六故意以「布荷達魯」的贗品便盆盛裝濃湯，宴請皇宮大臣，為了欣賞他們表裡不一的怪異表情為樂。

除此之外，主持文學沙龍、曾享譽一時的德封侯爵夫人（la maquise Deffand，1697-1780），有次寫信給祖母表達謝意時，提到便盆，她如此寫道：「親愛的祖母，我想向您細述……昨天早晨我是多麼訝異看到您寄來的大包裹擺在我的床上。我迫不及待打開它，先是看到那些小豌豆，然後就看到那只盆。我揣測它是做何之用?我很快拿起它：我發現雖然只是一個便盆，卻美得那般令人著迷，身邊的人都不禁異口同聲，發出由衷的讚嘆：『簡直美麗得應該當做調味瓶！』一整晚，大家爭相賞玩這只夜壺，不住的讚賞！」

盆底的眼睛直盯著你看

以下節錄自歿於1650年的路維涅．杜．戴烈（Louvigné du Dézert）先生在其著作「箭筒」（*Carquois*）中所寫的一段「溺器底部畫了一隻眼睛的圖說」，且讓我們一窺究竟。

「移居愛麗榭宮附近以前，
您親愛的母親大人的身影散發著平靜安然，
您的母親大人時常想以
手指頭確定，但您可一點也不想。
感謝天主，為了監視您的小小資產，
鑲嵌的琺瑯漆中有她的眼眸，

您聽見您的母親氣極敗壞
不知您是否染指這場魚水交歡的遊戲。

克羅里斯國王（Cloris）看清楚，那是摩里斯科人的眼珠，
您顫抖，怕得不得了，
害怕那兒冒出灑著尿的鬼魂，
此刻，在這隻懶洋洋打盹的貓身旁
就是那兒，輕輕的，好好的睡吧！把蠟燭吹熄吧！」

崇拜物

　　1814年拿破崙流亡至厄爾巴島（l'île de l'Elbe）時，他的親信中有人保存了他的「尿盆」。在「最後晚餐」中，追隨拿破崙的信徒齊聚一堂，追撫往昔帝國的豐功偉業，這個尿盆因此成了大家的崇拜物，正如「最後的晚餐」中喝下……那珍貴的一「盆」，直到點滴不剩。十九世紀政治家功貝塔（Gambetta）使用的尿盆曾恭奉於卡奧（Cahors）旅館旁，這家旅館是他於1880年凱旋歸故鄉時，所下榻的地方。好幾年前，拿破崙的另一個便盆再度出土，那是拿破崙曾贈予蒙多瓏（Montholon）女士的一只裹金銀器便盆。還有其他毫不遜色的，例如偉大的女明星瑞秋（Rachel）女士（1821-1858）所使用過的便盆。她過世後，財產四分五裂，包括她的夜壺，某位當時的歷史學家曾為此深表氣憤。

　　便盆成了眾人崇拜的器物，弄巧成拙地走進了文學的天地。當文學大師雨果（Victor Hugo）年少時（十四歲），曾為了便盆這樣受人崇拜的器物，費盡心思，尋找押韻，譜成了一個謎語：

　　你肚空空，我滿滿，
　　無人可以不用俺！
　　有料有湯在我腹，
　　貴賤貧富都用吾！

　　普魯斯特（Proust）亦然，這位風采翩翩的文人墨客，曾大大讚賞這個令人玩味的生活物品，並娓娓道出蘆笋如何將便盆幻化為芬芳四溢的花瓶。

障眼法的洞椅：蓋起來後，就像幾本疊放在一起的書籍，書背寫著書名「荷蘭之旅」。
拉蒙特—菲納隆古堡收藏。

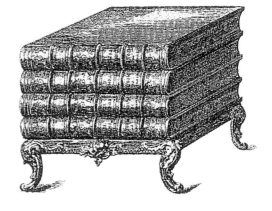

洞椅

自文藝復興後，便盆不再獨占人類的臀部。十七世紀起，宮廷中時常出現一種高貴尊爵的椅子，有人稱之為「洞椅」（La chaise percée）、「私椅」（La chaise de retrait），甚至有人更貼切的稱之為「公務椅」（La chaise d'affaires）。就「公務椅」的名稱來說，暗暗影射西班牙耶穌會教士暗地觀察亞勒封斯十二世（Alphonse XII）悖離教會的行為：教士可能買通國王身邊服侍如廁的貼身僕從，從那裡搜集國王坐在「洞椅」上時，隨手丟棄親筆寫下的隻字片語。從這些零碎紙片中（他們必須清潔後再如組合拼圖般一一拼湊起來），偶然可以發現有用的手稿或國王密謀的計畫。

『以您國王之尊，有兩件事我不能苟同。』
法王路易十三身旁的小丑馬海如是說。
『啊！是什麼呢？』路易十三問道。
『用餐時，您一個人獨享，拉屎時，
卻要求一堆人在身邊服侍您。』

直到配備彩釉陶盆的木架便椅出現，這才使如廁更為舒適，便盆的製作也才有了長足的進步。有些便盆附有獨腳的小圓桌，可供閱讀或書寫的同時，卻絲毫不妨礙亙古不變的生理自然法則。因著使用的需要，便盆愈來愈華麗花稍。不論是採用鵝絨或錦緞的布料，或是以金絲鑲邊，或刻上家族徽章，或飾以精緻的田園牧詩風景畫，為上流社會或皇室所專用的便椅增添不少的風采。生性害羞的路易九世（Louis IX）即擁有藍呢絨的「洞椅」。凱薩琳·得·麥迪西（Catherine de Medicis）王后擁有好幾個「洞椅」，其顏色始終與梳妝台的顏色協調一致——甚至從其夫婿法王亨利二世（Henri II）駕崩之後，她就清一色採用黑色的洞椅。路易十五（Louis XV）使用的「洞椅」則採用「日本的砂金石打造而成，並刻以描金的花草鳥獸，每一幅圖四周以珍珠鑲嵌框邊，再髹以中國的銅漆。」儘管如此富麗堂皇，然而龐巴度侯爵夫人（marquise de Pompadour）的「洞椅」卻也絲毫不遑多讓，因為她的「洞椅」乃是受封終身官祿的皇家木器師傅米讓（Migeon）為她專門精心打造的。

諷刺短詩作家兼劇作家亞雷希斯·畢洪（Alexis Piron，1689-1773）琢磨要送給主教的妹妹唐珊（Tencin）女士一件美麗的禮物，馬上他就想到「美麗的椅子」。還有比這更高貴的禮物嗎？尤其從他的贈函中我們可窺見一二：

位於巴黎市王子先生路十四號的布魯朗商店的圖樣目錄。約1900年前後。

只消以妳輕鬆公正的一眼，
在那兒，妳拍案斷言，

高椅背的便盆沙發椅

高椅背的便盆沙發椅，座椅下有一個可以前後滑動的便盆；同類型沙發椅的布面一律為仿皮漆布。

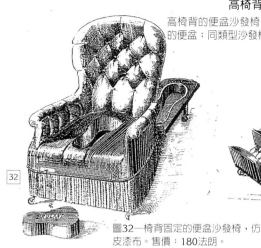

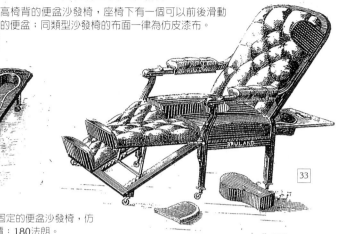

圖32—椅背固定的便盆沙發椅，仿皮漆布。售價：180法朗。

圖33—伏爾泰風格的便盆沙發椅，活動式扶手，椅背角度可調整，兩段式腳墊，仿皮漆布。
售價：315法朗。
不含腳墊：275法朗。

圖34和35—西摩風格的便盆沙發椅，坐墊可以掀起，靠在椅背上，當做靠墊，坐墊下可以放進一個帶有金屬把手和蓋子的尖嘴瓷器夜壺。仿皮漆布。
售價：190法朗。

圖34—打開前的模樣。

圖35—打開後的模樣。

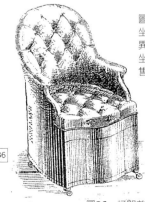

圖36和37—高椅背的便盆沙發椅，坐墊下有排水功能，座椅不會留下異味，儲水槽藏在椅背裡，柔軟的坐墊可以隱藏便盆。仿皮漆布。
售價：250法朗。

圖32、34和36商品的包裝費用：10法朗。
圖33商品的包裝費用：12法朗。

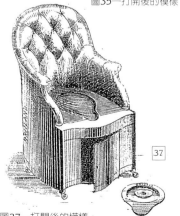

圖36—打開前的模樣。

圖37—打開後的模樣。

留下好的詩文，

因妳私心傾慕；

而妳不屑一顧的詩文，

留下吧！當您離開座位時，

妳或許發現，我這首詩也在其中。

瓦多姆公爵整天都坐在洞椅上，甚至連接見皇親國戚和各國使節時都坐在洞椅上。

伏爾泰（Voltaire，1694-1778）直言不諱的耿直性格，順應當代坦蕩直言的文風，同樣毫不羞赧的高談闊論並且大書特書這類器物。1738年12月18日伏爾泰寫信給他的經紀人穆瑟諾（Moussenot）教士。他大膽露骨地寫道：「我的臀部很嫉妒這些家具的美，也想有一個美麗的『洞椅』，並且最好附帶可以大一號的替換廁桶。你可能會認為我的臀部未免過於傲慢，膽敢向你寫信要求，可是你得想想，這個臀部可是做為你朋友的我，我的臀啊！」

但是，在那個時代提及這些器物一如談論任何一件家具一般的自然。這是絲毫不假的，並非伏爾泰藝高膽大。塔勒蒙‧代‧黑奧（Tallemant des Réaux）在他的「軼文趣事」（Historiettes）一書中，意味深長地提及十七世紀「洞椅」儀式化的使用傳統：「『以您國王之尊，有兩件事我不能苟同。』法王路易十三身旁的小丑馬海（Marais）如是說。『啊！是什麼呢？』路易十三問道。『用餐時，您一個人獨享，拉屎時，卻要求一堆人在身邊服侍您。』」

不論是因為喜歡或者是不得不，歷代國王總養成了不登大雅之堂的壞習慣，就是匆匆打發完國家大事，急著去「坐洞椅」，根據蒙田（Montaigne）的遣詞用句是「國王穩坐洞椅如坐王位」。

從十七世紀起，國王的便椅旁都有一位專司服侍如廁的貴族，當時稱之為便椅侍從或扶公務椅侍衛。這差事學問可大，不僅工作內容講究（主要工作內容：扶住馬桶椅，並清理糞桶），而且常為權貴人士所覬覦。因為國王常常在如此酣暢的時刻，吐露心底事，所以能在此時刻隨侍王側，不僅是件令人愉悅之事，而且可以發揮大作用，尤其又當獨自一人服侍王側的時候。

有回「國王的膳食總管大臣」班奈封（Bénévent）伯爵看到法王腓力五世（Philippe V，1683-1746）自己偷偷坐便椅去了，為此難過不已，以為自己失寵了。其實完全不是這麼回事，只不過，國王感到羞赧罷

了。

　　這麼害羞的王公貴族倒不多見，瓦多姆公爵（Duc de Vendôme）就是反例之一。當他住在亞奈（Anet）的時候，老是坐在「洞椅」上，不論行到何處，即使僅是稍稍移動，「洞椅」總是形影相隨。他總愛坐在洞椅上，不但接見自己親信，也接待使臣。法國作家聖西蒙（Saint-Simon）透露一段瓦多姆公爵的軼事：「在軍隊中他習慣早起，接著就坐在『洞椅』上開始寫信，然後發號施令，他老是坐在『洞椅』上；每當椅子下的便桶快溢出時，就有人趕緊拉出桶子，經在場的人輪流嗅完後，再拿去倒，常常一天內不止倒一次。每每剃鬍子的時候，剛剛方便完的桶子正好方便他將鬍鬚剃在裡頭。他將此自詡為簡樸的生活習慣，足茲媲美最早期的羅馬人，同時，他對別人老愛擺闊和奢華的行為感到不以為然。」

　　然而，他自奉為簡樸的美德並未受到外地訪客的欣賞，如果編年史家的記述屬實的話：「帕何蒙（Parme）公爵因有事與瓦多姆公爵商議，派遣他的主教代表前往，然而，令這位主教瞠目結舌的是，瓦多姆公爵竟坐在『洞椅』上接見他。尤有甚者，公爵竟在商討當時，當著主教的面擦拭臀部。主教簡直氣極敗壞，悶著頭，一語不發，逕自打道回府，回到帕何蒙，徒留下未完成的任務。他並向他的主子嚴重聲明，這一輩子絕不會再回到那個鬼地方去！」

皇家馬桶

　　瓦多姆公爵只不過循法王路易十四的例子：這位太陽國王賜給百姓最大的恩寵就是御賜進宮參與他的如廁儀式，皇室諸公都爭相搶奪此一恩寵。國王的御醫——吉克海桑・法貢（Guy-Crescent Fagon，1638-1718）在「國王健康日誌」（*Le Journal de la santé du Roi*）中描述，「國王的糞便顏色火紅，並混和瓊漿玉液。」

　　菲利浦・德・辜何希永（Philippe de Courcillon）除了身為丹戈（Dangeau）地方的侯爵，也是回憶錄的作家。他在日誌中（作家聖西門從這裡擷取許多資訊）詳述：國王早上望宗彌撒後，依據千篇一律的規矩，開始更衣後，接著馬上坐到他的「公務椅」上，此刻正是眾人進宮之時，換言之，王宮貴族以及領有「服侍證書」的陪伴者特於此刻前來伴隨王側，「享受這段美妙的私密時光」。

> 「當各部會首長還在位的時候，記得拿夜壺給他們。等他們下台之後，叫他們把夜壺頂在頭上。」
>
> 馬雷夏爾・德・維勒〈1644-1730〉

　　頗令人驚訝的是，隨侍王側並非僅止於男性，因為大公主蒙波希耶侯爵夫人（Duchesse de Montpensier）——安娜・瑪麗・路易斯・多奧爾良（Anne-Marie-Louise d'Orléans）總是伴隨王側，侍奉國王服下每一顆藥。她曾寫道「陪伴在國王身邊是一整天中最快樂的時光。」

　　1686年當國王因瘻管疾病必須進行手術時（那一年的皇家曆，也稱為『瘻管年』），圍繞國王身邊陪伴如廁的人已然減少許多，因排便變得既棘手又痛苦，這時國王只允准曼特農夫人（madame de Maintenon）服侍，不言而喻的，這位夫人集天大的恩賜與寵愛於一身。

　　還有更令人叫絕的事，宮廷中的貴婦竟也公然坐在「椅子」上。反倒是男人不允許在場陪伴。例如，布根地侯爵夫人（la duchesse de Bourgogne）即是一例。她如廁時，與女伴夫人談話，總是上窮碧落下黃泉的無所不談。若佳海夫人（madame de Nogaret）也一樣，每每坐在那上頭，「很自然敞開心胸」與其他美眷侃侃而談。

　　這就是大時代（Grand siècle）的風尚。為了愉快交談，大家得挪近椅子，以利交談。於是便出現了雙椅背的「洞椅」，換句話說，意即有兩個椅座並聯，供人聊天使用的雙胞胎「洞椅」。時機湊巧時，「洞椅」或便盆還能演變成牌局的四個座位，例如路易十三及瓦多姆公爵就是樂在其中的兩名玩家。

　　所謂積重難返，如廁眾樂樂的文化直到十九世紀末才告尾聲。在此以前，家庭飯店的方便處設有兩個洞或兩個椅座的現象並非少見。阿弗瑞德・法蘭克林（Alfred Franklin）在「舊時私生活」（La Vie privée d'autrefois）一書中為法國人的性格下了註解，「法國人與眾不同，如廁喜愛眾樂樂猶勝於獨樂樂」。

生理需求，何來法則

　　不在乎？習慣？抑或是放縱？當身邊遍尋不著便盆或茅坑時，只得就地解決：藉門簾、帷幔遮羞，或躲到門後，再不然就是跑到壁爐裡，而且無所謂高尚與粗鄙之分。

　　身兼作家及布洪多蒙領地的侯爵——皮耶・德・布荷德（Pierre de Bourdeille，1540-1614）暴露了一段法王法蘭西斯一世（François Ier）的風流韻事：「我得說，法蘭西斯一世身邊一直有個要好的女人，有回他心血來潮，突然駕臨此姑娘的住處，想出其不意浪蕩一夜春宵。法王站在門口，粗魯地敲著門，當然他有理也有權這麼做，因為他是主子。」

「當時，她的閨房已有一位波尼維（Bonnivet）先生陪伴身側，所以她可不敢以羅馬的高級交際花敷衍應付：她不敢說小姐正忙著呢！為了確保不被發現，她馬上示意對方藏身之處。她請波尼維先生躲到壁爐裡，一方面對他也好，因為當時正是冬天。

「當國王和情婦一陣翻雲覆雨後，突然想小解，於是起身，因為就近找不到合適的方便處，就到壁爐解決了；國王實在太急迫，倒是可憐了躲在那兒的情郎，又因為國王憋太久，尿液量不下於一桶水！」

不論皇宮城堡或皇室別館，都有人習慣隨處便溺。直至1578年法王亨利三世（Henri III）不得不下令，每天早晨必須清掃宮廷及羅浮宮的階梯。甚至到了1606年法王亨利四世（Henri IV）在位時，宣布禁止在皇宮範圍內隨處便溺，否則罰以四分之一埃居（écu）。

古典主義時期，情形更是有過之而無不及。不論是便盆，還是「洞椅」（根據凡爾賽宮的統計紀錄，法王路易十四在位時，兩者共計有274個）都不足以應付宮廷中幾千名皇室貴族的經常性如廁需求。古典時期的建築雖講究平衡與對稱，卻堂而皇之地忽略了公廁地點的重要，往往將公廁設置於遠僻之地，或是最頂樓，或是廚房附近，或者甚至……設在花園裡──設置的數量著實不少，而且蓋得美輪美奐。當時，以中世紀城堡的地牢為主題的傳奇故事正蔚為風行，恰巧說明了當時人們並不知道這些舒服的方便場所最初的功用。

凡爾賽宮、土伊勒里御園（Tuileries），甚至法王路易十八的寢宮──聖克羅宮（Saint-Cloud），也都未先行規劃公廁的位置。建築家厄堅·維歐雷─勒杜公爵（Eugène Violette-le-Duc, 1814-1879）後來回想起「路易十八（Louis XVIII）在位時，聖克羅宮殿長廊裡飄來的異味，竟一絲不苟地承襲了凡爾賽宮的傳統。在我還年輕的時候，有天和路易十五（Louis XV）身邊一位值得尊敬的夫人去參觀凡爾賽宮殿，行經一條臭味四溢的走道，她竟忍不住地大喊，語氣中略帶遺憾的口吻：『喔！這味道喚起我記憶中的那段美麗時光。』」

多矛盾哪！──至少以今日的眼光來看──那個崇尚藝術與美觀的時代，竟也同時能夠包容隨意如廁的行為，禁得起這般如廁的玩笑。

根據文學家弗和提耶（Furetière）的說法，法國皇后安娜·奧地利（Anne d'Autriche）的榮譽騎士伯洪加（Branca）伯爵某天因尿急，不管三七二十一甩開皇后的手，逕自衝到帷幔後小解。又有一次，吉許（Guiche）伯爵在1658年的一場舞會盛宴上，若無其事的對著某位正翩翩起舞的女士的暖手手套就地解放。

　　如果真把以下塔勒蒙‧代‧黑奧（Tallemant des Réaux）所記述的一段軼事當真的話，我們就不得不信，女性再美麗也不保證如廁時，依然能夠從容優雅。故事是這樣的：「有天，一位男士，即老戴斯吉神父（L'abbé Testu aîné），帶著卡娃（Cavoye）夫人要上夏維涅（Chavigny）女士家去。行經大廳時，她對神父說，『不好意思，教士！有勞您別過頭去。』於是，她隨即在一個便盆上開始解放。」

　　布西－哈比旦（Bussy-Rabutin）的文字以尖酸刻薄著稱，賽維涅女士（Mᵐᵉ de Sévigné）甚至說，「哈比旦」三個字簡直就是「調皮蛋」的同義詞。我們可以從布西－哈比旦的回憶錄中，瞥見諸如此類的敘述：「有天，索特（Sault）、特海默耶（Trémoille）地方的貴婦人以及費荷戴侯爵夫人（la marquise de la Ferté）饗饜飽足後，三人偕同去看戲。到了劇院，三人頓時都感到便意，因此乾脆就在包廂解放了，但味道著實難聞，逐將排泄物丟到前廳的後排。坐在那裡的人唾口咒罵這些沒有道德的人，逼得她們三人不得不趕緊離席。」

「賣香精」。皮卡爾的版畫作品〈1673-1763〉，他是當時繪畫技巧最純熟和最多產的版畫畫家，作品從最嚴肅的宗教題材到最世俗的，應有盡有。

公主的話

　　既然聽過了上述這一則有失道德的小故事，那麼現在再來談談奧爾良（Orléan）公爵夫人——帕拉蒂（Palatine）公主說的話，或許不致讓讀者您過於驚訝。這位公爵夫人似乎果真頗為迷戀此項重要的「人生人事」。

　　1664年10月9日帕拉蒂公主到楓丹白露（Fontaine-bleau）度假時，寫信給住在漢諾威（Hanovre）的嬸嬸，抱怨沒有洞椅的不便，字裡行間絲毫沒有保留：「您真幸福，想什麼時候方便都可以。盡情盡性的去享受吧！我們這裡可比不上您那兒，我得忍到晚上！樹林邊的房子沒有隔牆。我運氣不好，偏偏住在其中一間這樣的房子裡。從前我總愛光著屁股，沒有束縛想怎麼方便就怎麼方便，因此，要上外頭去方便，真讓我憂愁，也讓我惱怒。再者，每每方便時，都可以看得到路過的男人、女人、女孩、

男孩、教士、還有瑞士人。」

　　她的嬸嬸馬上回信，語氣之驚人不下於帕拉蒂公主：「當妳想方便時，妳有自由隨處方便。何需顧及他人的眼光；因為解放的快感實在太美妙了，根本會讓妳忘了自己身處何方。妳可以在大街上、在小巷裡、在公眾場合，或是在他人門前方便，毋須感到不自在，並且妳將發現，旁觀他人解放的人其實比當事人更害羞。說起來，獲得解放的人自身才是真正感到如此舒服與快樂的人。」

　　原來，一切都是觀點使然。

公廁

　　綜觀古今，「公共方便場所」的演變如此慢如牛步，真令人詫異。

　　最早，公廁出現在羅馬時代，且外觀上竟與十九世紀中發現的公廁相去不遠。蒙田（Montaigne）曾述及其外形，當他走在羅馬街頭，「看到提供給路人使用的管道和槽池。」這一類型式的公廁──自始至今──竟然已經保存了好幾個世紀。

　　至於皇室宮廷，不管在凡爾賽宮或是在巴黎，儘管有過幾回合的「落實設點」的攻防戰，

但事實上，根本無法可循。根據巴修蒙（Bachaumont）在「秘密記憶」（*Mémoires secret*）一書，談到了法國有名的建築暨景觀規劃大師安德烈‧勒‧諾特（André Le Nôtre，1613-1700）在法王路易十四執政時代，設計土伊勒里御園（Le jardin des Tuileries）時的考慮，「此乃人類不可或缺的生理需要；於是，他沿著平台，建造綠意盎然且繁茂的草地，以避開他人的窺視，同時克服了有礙觀瞻的問題，也解決了如廁的不便。」

　　出發點的確值得稱許，他使公廁的概念確實往前邁進了一大步。但公廁的大小似乎出了問題。愈來愈多人到此處想找個舒服的地方，來滿足生理的需求，然而「土伊勒里御園的平台四周成了令人望之生畏的地方，

— Rue Jules-Ferry (ancienne rue des deux portes).

更遑論遠處飄來令人作嘔的氣味。因某位體察民情的建築師提出建議，於是，草地旁築起紫杉籬笆，一大票人接踵而至，竟苦於找不著落腳之地。」因此，有位當時的編年史學家曾嘆息道：「國王皇宮的總管大臣昂吉維雷（Angiviller）伯爵曾一度砍除紫杉，原地重建公廁，進入者一律收費兩塊。然而，他的舉動遭到嚴厲的批判。住在土伊勒里御園的人覺得收費這件事委實矯杠過正，於是搬到巴黎皇家皇宮（Palais-Royal）去住。奧爾良公爵（Le duc d'Orléan）連忙也到皇家皇宮建造了十二間公廁，結果，引起的反對聲浪更甚於土伊勒里御園。這十二間公廁從此聲名大噪。直至1789年，他們每年果真賺進了12,000里郎。」

　　普希多姆（Prudhomme, 1752-1830年）在「今昔巴黎倒影（*Miroir*

各階層的社會人士都一樣……（被印製了丁萬次的幼稚觀念）。大約是1925年出版的明信片。尚·菲薩斯收藏。

摘自英國東印度公司的目錄
〈1885〉。

de l'ancien et du nouveau Paris）中，大書特書此項舉措的成效：「每次不過收取一角錢，而且免費提供衛生紙。公廁間或便池都乾乾淨淨沒有異味。不論是販夫走卒或仕紳貴族使用的公廁都一樣的清潔。每日的盈收有時甚至高達48塊法朗。不管是愛好此道，抑或不得的内急者，兩者的人數應該都不少，因為主事者必須買進成千上百的衛生紙供人使用。每天得請三個工人裁切大小適當的衛生紙，供人使用，而且動作必須非常靈敏且快速才能應付工作的需求。」

對廁所的沉思

　　有關公廁的問題可是曾讓一些高尚的靈魂神傷。在「沼澤的夜晚」（Veillées du Marais）一書中，海提‧德‧拉‧伯何登（Rétif de la Bretonne）曾提出，巴黎的屋主必須在一樓設立公廁，提供行人方便的場所。另外，強納生‧斯威夫特的「偉大的奧秘或者馬桶上的沉思錄」則提到，計畫在倫敦建造公廁並經營公廁事業。事實上，英倫首都直到1740年才出現所謂這類的公廁事業。

　　事情的發展往往令人意想不到，後來的英國公廁竟然與斯威夫特希冀建造的，有著異曲同工之妙，他的書裡如此描寫：「這些秘密的地方漆著奇異的壁畫或抽象畫。座椅上有塞了雙層棉花的墊子。冬天時，地板鋪上土耳其地毯；時令進入夏季，就布置上消暑的花花草草。男女使用的廁所各分左右。女人使用的公廁僅以高及扶手的牆面間隔，以利彼此交談。」

　　依據作家的想法，公廁事業的收入是很可觀的。他還寫道：「可以保守的估計，如果說倫敦上公廁的需求人數可以達到120萬人次，這數字一點也不誇張。其中有三分之一的人有能力消費我所想建造的豪華公廁。再者，一個健康的人每日上廁所兩次，而生病的人可能需要三、四次。每天的收入等於40萬乘以2角5分，再乘以一年的日數，等於143萬3百33英鎊6先令又8丹令（…）如果有人質疑真有這麼多的顧客上門嗎？總歸一句話，就我所知，以我的同胞們對舒適和享受的愛好，我相信，不但是貴族會放棄私家自用的廁所，特意前來好好享受一番，就算是只有幾個錢的平民老百姓，也寧可一餐不吃，只為了光臨如此美妙的地方，好好享受

『一泄千里』的樂趣。」

詩人的美夢？不，是諷刺詩人的譏嘲。想想如宮殿般的廁所，特別是出現在巴黎會是什麼樣的情況呢？大約在1763年，某位工業鉅子含蓄的提出「在各個角落建立固定式的兩輪馬車，馬車上備有桶子方便內急的路人。」

依照戴弗諾・德・默洪（Thévenot de Morande）的記述，這個意見到了1771年才由德莎丁（M. de Sartines）加以具體化，「他在每個街角放置提供路人方便的桶子，」他同時提到，「此舉為罰款及懲罰揭開了序幕，此後任何人如在死巷角落或那些阻止人滿足生理需求的非人道商家門前方便的話，根據國王的諭令，都要受罰。」

德莎丁這類的原始想法，照理說應該可以就此發展成一套衛生系統的雛形；但卻始終停留在構想的階段。正如普希多姆依然在「今昔巴黎倒影」這本書中所指出的，那個時代連普通老百姓都想像得出舊廁所改建的樣子。然而所有的商家卻進行得人馬雜沓，亂七八糟，這就是法國的傳統精神。

1990年的法國香頌。尚・菲薩斯收藏。

「地國」之旅

在法國，所謂的夜間「窪地」行動，在文明未開化以前，都是在露天或人煙罕至的地方進行，無論是販夫走卒或是皇室貴族，無人例外，儘管後者常被視為有文化教養的人。大多數的人對著牆面、大門、商店或是行道樹，一個接著一個就地小解；有的人則是在小巷子或死胡同裡就地大號──所以至今有些街道名稱仍嗅得出其中含沙射影的意思，如巴斯菲斯（Basses-Fesses，意指「臀」）街，或「方便」街（rue des Aisances）……等。還有將出租馬車的座椅改為馬桶者。另外，甚至有人斗膽對著雕像以及靠在紀念館旁方便，例如協和廣場（La place de la Concorde）及巴黎聖母院（Notre Dame），尤其是後者遭人隨意便溺的情形相當嚴重──不管國家汰規及處罰如何三令五申，仍嚇阻不了那些執意隨地大小便的行人。

巴黎警察總局局長季斯蓋（Gisquet）在「回憶錄」（Mémoires）裡

**大多數的人對著牆面、大門、商店或行道樹，
一個接著一個就地小解……**

記述1831-1836年任職期間，曾列出禁止隨意便溺場所清單（état des lieux acca-blant），嚴懲所有人——特別是男人——在這些公共場所任意便溺：「這些人對什麼也不尊重，不管是行人來來往往的街道，或是供人朝拜的聖殿建築，甚至是令人追憶光輝往昔的紀念建築；所有讓巴黎散發美麗以及吸引人的地方，所有讓信徒敬崇的聖地，所有讓人心神嚮往的歷史遺跡，以及所有從最不起眼的小舖乃至於羅浮宮的牆磚，都曾留下這些無知的人任意藝瀆及破壞的痕跡。」

從數字上來看，更有說服力。「大自然」（*La Nature*）雜誌在1882年的內容中提到：「居住在巴黎的固定及流動人口的糞便量從220萬噸增加至2500萬噸。」平均每人的便溺量為1公斤又136公克。然而，當時巴黎地下污水系統仍尚未完成呢！

糞便的污染

路易—賽巴田・梅西耶（Louis-Sébastien Mercier）在他的著作「描繪巴黎」（*Tableau de Paris*）一書中，指出技術上也有欠考量，他以觀察家的角度憂心忡忡地指出糞便問題可能造成的危害：「建築師囿於空間上的狹窄，只好任意安排管道線路，最讓人感到突兀的是，公廁有如古羅馬劇場一般，層層相疊，或是鄰近階梯，或是靠近門旁，或是設在廚房邊，往四處飄出難聞至極的味道。管道過於狹隘，很容易堵塞；沒有人進行疏通；日積月累糞便堆積如柱，幾乎淹至馬桶口；負荷過大的管道如果頓時爆裂，整個房子就氾濫成災；惡臭四散，無人倖免：巴黎人的鼻子已經習慣這些臭氣薰人的味道（…）。好幾種疾病發生的原因，都與這些危險的馬桶中散發出來、經人吸入體內的腐臭疫氣有關。孩童最怕這些散發臭氣的坑洞；小孩認為那是通往地獄的入口：我小的時候就是這麼想的。」

這僅僅是啟示錄的聳動觀點嗎？還有更多的人附議，特別是衛生學家，異口同聲地認同亞蘭・柯班（Alain Corbin）所稱「糞便之害」的說法。

不僅是巴黎背上惡臭之城的稱號，遠一點的城市，情形也好不到哪裡去。例如里昂（Lyon）、馬賽（Marseille）、波爾多（Bordeaux）、土魯斯（Toulouse）、盧昂（Rouen）以及南特（Nante）也有同樣的城市面貌，一如許多遊記中所描述。在法國大城里耳（Lille）「靠著籬笆便溺者」向來是市政官員頭痛的問題。艾克斯（Aix）城也不例外，作家伯侯賽斯

「麻煩您…告訴我…那些小房子是幹嘛用的…我看見有人進去讀牆上的小海報？…」
「沒錯…沒什麼啦…那是最新式的文學…小屋…是為符合本世紀的需求而設立的哦！」溥修的石版畫〈約1850年〉。卡納瓦雷博物館收藏。

面對面，廁所上頭有小小的廣告招牌，約1865年。查理・馬維攝。巴黎市立歷史圖書館藏。

（Brosses）市長提過這個城市：「在這裡，公眾場所最容易遭人任意便溺，因為四周都是街道馬路。」

然而，反觀倫敦這個大城市，當時早已設置了地下污水道系統以及沖水式的公廁——英國人首創的沖水廁所（W.C.-Water Closet）——早已擺脫了這個臭氣薰天的城市夢魘。

「衛生警察」

十九世紀下半葉，法國對於公共衛生的討論才開始浮上檯面，首當其衝的議題就是廁所。刑法（第471至475條）中間接地規定城市必須設置大便槽，同時禁止任意排放被排泄物污染過的水源，更不准許將垃圾丟棄在糞便裡。後來，才發展成真正的立法方案，增加規定並明令落實公廁建造、經營及排泄物清運的相關法規。水肥業以及水肥於農、工業上的應用都有明文詳細的規定。

巴黎也不例外，水肥車每晚出勤，約莫兩百多部。水肥車抽肥時，噪音很大，周遭的空氣充滿惡臭。在蒙弗功（Montfaucon）抽水肥時盛行一種奇怪的做法，造成水肥外溢。警察總局局長季斯蓋在「回憶錄」中如此提到：「我看見男人全身赤裸，整天浸在糞便池中，想從中找到一些有價值的東西。我還看見有人從中撈起腐爛的魚，此乃市場的檢查員事先將魚群引到池中，好讓魚群盡早腐爛，剛倒了滿滿兩車腐爛發臭的鯖魚到池裡：不消兩小時，所有的魚都消失無蹤。不消說，這些魚全賣給了貧窮地區的三流餐館。」

水肥業者的職業病

老百姓以及水肥業者因吸入堆積腐臭的水肥所蒸發的空氣，引成身體不適的症狀，直至十九世紀末才受到世人的關注。當時的科學界為此爆

發了一場激烈的言論攻防戰。拔洪·律夏德雷（Parent-Duchâtelet）以及支持他的眾多醫生，否認有任何不良的影響，只認為頂多造成眼炎及引發窒息。他聲稱並舉證證明，在蒙弗功（Montfaucon）以及邦弟（Bondy）發生疾病的情形（當時這兩個地方的化糞池為露天式，專門囤積來自巴黎的水肥），和其他地方相較並無異狀，病例案件也沒有特別多。

抽水肥時確實會引發的窒息，不容強辯。

抽水肥時散發的氣體可分為兩種：硫酸銨及硫化氫。兩者結合會形成所謂的「鉛」，對水肥業者來說，這個字代表的是吸入有毒的氣體。

當時的評論也非常清楚明確：「這些意外事件的嚴重與否，乃取決於當事人本身的生理結構以及所吸入的有毒氣體的多寡。某些案例中，工人一旦進到化糞池，立即暈眩倒地，猶如遭到電擊。有些案例中，工人感到上腹劇烈疼痛、說話困難以及頭痛欲裂；他們感到喉嚨被勒緊，有嘔吐症狀以及全身虛弱。還有些案例的徵兆，是病人會發出囈語、身體產生痙攣以及胡亂地發笑，開始不由自主的吼叫；就好像這些人自己所形容，「他們中了鉛毒，所以亂唱歌」，直到最後出現窒息的典型症狀。治療這類的疾病在於謹慎地讓病人吸入氯氣。任何一家雜貨舖都可以買到含有次氯化鉀溶液（l'eau de Javel），以布沾溼此溶液後，將溼布小心地放在窒息者的鼻孔下。必要時，也可以倒幾滴醋在溼布上，以釋放氯氣。」

兩個分開的小便池，有雕刻精美的鐵門遮掩，約1865年。查理·馬維攝。巴黎市立歷史圖書館藏。

公共便池的伊始

根據1841年「建築暨公共工程總論雜誌」（*Revue générale de l'Architecture el des travaux publics*），公共便池（僅供小解）最早出現

於巴黎市的義大利大道（le boulevard des Italiens），約莫出現於1830年。巴黎市長洪畢多（Rambuteau）提出創見，由兩個面對面的便池所組成，以利小解者彼此交換鼓勵的眼神。

當時的公共便池即有廣告張貼──那個時代竟已開始廁所廣告行銷──然而，大部分的廣告看板都未能維持良久，建造便池的石塊都在1830年7月巴黎人推翻查理十世的暴動之際，被拿去充當路障了。

1835年，關心公共便池的衛生清潔以及舒適環境議題的人士再度將問題推上檯面。但是當1841年公共便池再度現身江湖時，唯美主義者仍覺得其粗俗不堪。成功的專欄作家保羅・德・卡克（Paul de Kock）曾大聲疾呼：「我們在街道旁，每隔一小段距離即設置一些高10至12英尺的柱形建築，頂部飾以圓球或尖狀物，挺拔入雲霄；這類的建築被稱為東方的清真寺，我不懂為什麼要造這些新建築，難道讓我們懷念土耳其人！」

公共便池在路易菲力普（Louis-Philippe）執政期間迅速擴增。與其說是為了解決行人內急的需要，還不如說是為了某些毗鄰河畔的住戶，早已受不了行人在他們家牆角或商店櫥窗外任意便溺的行為。因此，聖馬丹市郊路（Rue de Faubourg-Saint-Martin）一下子多了30幾處的公共便池──不過建造的費用由附近的住戶支付。

摘自「巴黎俚語詞典」。羅瑞坦・拉爾協著（1865）。

GOGUENOT EN PROMENADE

此時，出現新美學概念的新型公共便池，由幾位藝術家共同參與。而雕刻家馬丹（Maritn）設計出新古典的富麗模型──圓形的亭子下，有鑲了黃金的紋形及渦形圖案，這時路邊便池才得以多面向展現它的美麗。

根據1847年12月的「市政新聞報」（Gazette Municipale），當時便池路亭的設計可以歸納為三個樣式。第一種是由市長洪畢多搭蓋的「廣告看板式」的小便池；第二種是以鐵皮打造成的多角亭；第三種是以奧維涅（Auvergne）的火山岩打造，髹以白釉，僅設計兩個位置的便池。不論是上述哪一種亭子，每種設計都非常異想天開，不具實用效果，而且讓人感覺侷促不安。所以有人乾脆在亭子旁邊就灑了，或者正對著亭子就地解決。但不管怎麼說，這到底是一項成功。1843年巴黎共

西雅圖〈美國華盛頓州〉，1932年，當地婦女會發起了一項「公民」運動，她們建議清掃街道上的狗屎和馬大便。她們穿著高跟鞋和戴著「西雅圖市」軍帽的裝扮，讓人一眼就認出她們可愛的模樣，但是，當然啦，該業餘式的活動只持續了一小段時間。

計有468處公共便池。1871年，數量增加到687座。法國第三共和時期，公共便池列管為國家級事務，公共便池的建造從此躋身為競選的訴求項目之一。此外，作家賈伯曄‧蕭瓦里耶（Gabriel Chevallier）還寫過與建造公共便池有關，一本論述主題特殊的書，討論法國政教分歧的小說，書名為「克羅許麥何勒」（Clochemerle）。

形狀最古怪的公共小便亭，得到的評價也不一致。「像這樣能夠一邊當街小解，又可一邊欣賞過路的美麗女孩，」亨利‧米勒（Henry Miller）看到這類亭子時，讚賞地說道。可是，建築家亨利‧索瓦吉（Henri Sauvage）的觀點則大異其趣，他可是一點也不欣賞，認為眼睛所見的全都是「死木槁灰的陵墓」以及「豎起尖刺的巨型甲殼昆蟲」！

「把公共便池趕出巴黎」

誰能預料公共便池原本於共和時期，幾乎等同於進步兩字的同義

ENTREPRISE GÉNᴸᵉ ᴅ'ENGRAIS, DE VIDANGES, & DE PRODUITS CHIMIQUES

Ancᴺᴱ Cⁱᴱ RICHER

FONDÉE EN 1847

MORITZ & Cⁱᴱ

Société en Commandité par Actions au Capital de 16.800.000 Francs
représenté par 56.000 Actions.

SIÈGE SOCIAL · BUREAUX & CAISSE
Rue de Meaux, 68-70
PARIS

TINETTES DE SIÈGE

AVIS TRÈS IMPORTANT

Nos clients sont priés, lorsqu'ils
règlent leurs comptes, de vouloir
bien se faire communiquer
par notre encaisseur le pouvoir
qui l'autorise à donner
bonne et valable quittance
des sommes qui nous sont dues.

1850年代，里歇公司是當時巴黎最有名的清理水肥的公司。

詞，如今，竟成為藏污納垢的場所呢？關懷社會的人士、衛生學家、「道德學家」同聲譴責公共便池製造令人憎惡的城市景觀，引發令人擔憂的衛生問題，並成為流於猥褻的犯罪場所：原因在於公共便池長久以來成了同性戀聚集以及罪惡叢生的淵藪。

最後的幾座洪畢多的柱式公共便池消失於1900年。其他的公共便池到了第二次世界大戰以後日漸傾圮，究其原因：公共便池成了公憤的對象。1961年宣布正式剷除公共便池時，仍引發最後一波抗議的浪潮，當時的媒體記錄了這個過程。「廢除公共便池」——登上「法蘭西晚報」（France-soir）的頭版標題；「戰鬥報」（Combat）也出現這個標題——「把公共便池趕出巴黎」。

第二年，巴黎市長陸續接到美國有錢人數十封的來函，想要買下其中一個公共便池以美化住家周圍。

今日，公共便池已然現代化，同時洗去了罪惡的污名：有電子感應設計、講求衛生、裝設了通風設備、散發著忍冬香的氣味、播放情境音樂以及置有衣帽架，這一切的進步都是毫無疑義，也不容質疑。法國德高公司（Decaux）將衛生設備進行工業生產。巴黎引進的全自動公廁系統，每年處理了400萬件以上內急事件，不是也有人戲稱為「席哈克式公廁」，以紀念提出這個想法的創始人？

日出之國

刨根究柢，倒是沒有國家可比得上號稱最懂得廁所藝術的日本。不但如廁這檔事在「日出之國」乃屬於精神的象徵（藝術及哲學時常歌詠精神的重要），同時，該國對整潔的要求，近乎於再簡單不過的兩個字——潔癖。

科學泰斗西岡秀雄（Hideo Nishioka）博士曾經計算過，日本男人平均每次停留廁所的時間只有31.7秒，每日平均造訪廁所5次（共計每日每人3分鐘）；反之，日本女人停留時間較長，平均每人每次花費1.37分，平均每天上廁所7次。想當然耳，專業的數據中包含了內急的人，但不包含進廁所冥想、做白日夢以及喜好浸淫於公廁的安靜與美麗，耽溺於自己

約1895年，勒瓦盧瓦‧佩雷市所
使用的氣壓式水肥處理法。

的想像為目的沉思家。

日本女人每天使用12公尺長的衛生紙：日本男人則僅使用3.5公尺。

根據相同的資料顯示，日本女人每日使用12公尺長的衛生紙；日本男人則僅使用3.5公尺。至於廁所用水，男女的使用量均相同。每按一次馬桶即排出10公升廢水，這是令環保人士極為擔憂的地方。

看似平常無奇的數據比想像中還更有用，除上述之外，有更多關於公廁質材及公廁美學的統計，日本人加以分析評估過這塊市場，並且將每一項數據發揮得淋漓盡致。例如凸顯東京情調的蘇活西方（Soho's West）餐廳即是一例：馬桶後方有個比一般水箱還要大的自動裝置，直立式的，引導使用者如何使用馬桶，而且當如廁儀式告一段落，還會發出熱熱鬧鬧的敲鈸聲響做為終曲。

日本人技術的登峰造極，真是令人瞠目結舌。受到昔人故意以咳嗽以掩飾放屁的行為，工程師靈光乍現，開始想像研發一種小型的錄音機，以掩蓋伴隨如廁時所發出令人感到尷尬的氣音。這個機器可以及時（而且非常自然地）複製沖水馬桶的聲音。只消按下按鍵，就能使機器發聲，只要感覺有屁將放，隨時可按。因為日本的女性極其害羞，往往上一次廁所沖水了好幾次。這個機器獨有一點不便，就是容易誤導廁所門外的下一位等候者，他們往往一聽到沖水聲，誤以為裡面的人就快出來，即將輪到自己。

還有更勝一籌的：日本Dairin販賣株式會社剛剛研發出一種神奇藥丸B. J. U.。即將以1盒90粒100法朗的價格上市。其神奇的功效在於可以消除排泄物中的臭味。只要服用3天，即使排泄物無法散發芬芳，但至少也不至於臭氣薰人。

日本人的另一項更高深精絕的創新設計：實乃研發先進衛生設備的伊奈（Inax）公司正準備研發的新式醫療用抽水馬桶，病患如廁時，可以同步對病患的排泄物進行分析，除了可以測量其重量與溫度外，還同時可以測出心跳及脈搏。

所以，日本公廁協會專事負責日本30,000個公廁（比法國德高公司出廠歐洲的所有衛生設備的數量多出十幾倍）的衛生清潔及美化工作，若說其地位舉足輕重且受人景仰，大家想必不至於過於訝異。

有關使用衛生紙的藝術

有關如廁三部曲這個重要的配角，與時俱進，並將人類的智慧與想

像，推至無懈可擊的地步。亞里斯多德（Aristote）在「普世教會」（Oecuménique）一書中以一種向群眾演講的口吻寫道：「家庭主婦的完美典型必須是能夠擦完屁股，再把紙塞回口袋，下次再用，或是留待下回包裹果醬。」然而，若亞里斯多德的話果真能信，那你可能也會相信希臘人以礫石來擦屁股的事：「3顆石塊就足夠擦……如果礫石的角很鈍的話；如果是尖銳的石頭，就需要4個……」

中世紀到了尾聲時，出現了比較文明的「廁紙」。因此可以從路易十四的帳本裡，發現國王要人買亞麻布做為「廁紙」，接連繼位的幾代國王都仿效此法。然而，文藝復興時代的拉伯雷則對此表示欠缺創意。事實上從未有人如拉伯雷能夠把使用「廁紙」的美學發揮得如此盡善盡美，他在「巨人傳」中穿插了一段加爾唐曲亞（Gargantua）（第一冊，第十三章），將此比喻為──「英雄及仙人的真福」（la béatitude des héros et des demi-dieux）──經過連番似是而非的舉例後，他做出了結論：

「總而言之，我堅決認為擦拭屁股沒有比幼鵝的嫩毛更好的東西，只消抓住鵝頭放在兩腿之間就行了。而且請各位相信，我以個人名譽向各位保證，你的屁股會感到一陣奇妙的溫柔撫摸，一方面是因為羽毛的細嫩，一方面是因為鵝的體溫。那種感動的觸感可以很輕易地從你的肛門，傳送到你的腸，直達你的心坎裡。」

他的經典名句歷經20年後，到了1544年，另一位法國詩人及音樂家奧斯多格‧德‧伯里俄（Eustorg de Beaulieu）的著作「雜文集」

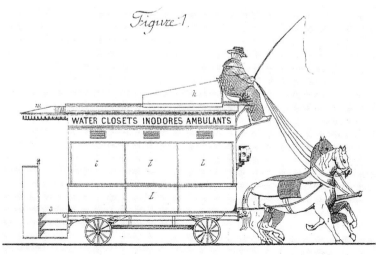

Figure 1.

WATER CLOSETS INODORES AMBULANTS

Façade Latérale

該史無前例的計畫〈1877〉並沒有得到巴黎市警局局長的同意，原因是標示著無臭廁所的馬車在巴黎街道上趴趴走有礙觀瞻！

（*Divers Rapports*）受到拉伯雷文思的啟發，以比較含蓄說法來描述這檔事：

絲絨更勝綢緞
早晨擦拭最暢然

　　後來到了古典主義時期，廁紙的種類愈來愈狹隘，漸漸成為個人展現社會地位的表徵。曼特農夫人的安麗提雅（anitergia）廁紙是美麗諾羊毛做成，巴里（Barry）伯爵夫人所使用的，則帶有花邊。有人說，紅衣主教黎塞留（Richelieu）所使用的為亞麻製品。巴洛克時期的文學家斯卡然（Scarron）則獨好木屑。粗纖維的大麻及亞麻布足以滿足貴族的需要。至於普羅大眾，則是使用唾手可得的任何材料，如一束草、苔蘚或是石礫等等。

　　眾所周知，從那時起，貴族被賜予在國王如廁時獻上棉布廁紙。但這項職務究竟涵蓋哪些範圍？無人知曉，但法國七星詩社的文學家塔勒蒙‧代‧黑奧曾語帶犀利，描寫一位躁鬱傾向的貴夫人形象，而且言之鑿鑿：「聖昂吉夫人（Madame de Saint-Ange）有極度的潔癖，連自己的裙襬碰都不敢碰一下，更不要說夜壺那種東西；因此不僅有人代勞替她預備好夜壺，還得有人幫她擦拭臀部，宛如小孩一般。」

　　後來終於出現真正的衛生紙，那是1857年，由美國某位名叫喬瑟夫‧蓋耶提（Joseph Gayetty）的人發明的。但似乎一開始衛生紙並沒有馬上引進到法國，當時法國仍以報紙代替衛生紙，並持續了一段時間。即使到了1891年理查博士（Dr. Richard）在著作「應用衛生協定」（*Traité d'hygiène appliquée*）一書上直陳，所有的廁所都應該要使用衛生紙，但是，並未強調一定得用「新的」衛生紙，這與英國可是大不相同。他認真地解釋說：「如果仍有疑慮，很簡單，只要將廁紙（報紙或印刷的廢紙等等）放在蒸氣箱，藉此消毒。在紙張吸溼縮小，並且尚未爛成紙糊之前，再放到乾燥箱烘乾。」或許，可以名之為「二手」，甚或「三手」衛生紙吧。

「經過了多次和新奇的經驗之後，」
加爾唐曲亞回答說，
「我終於發明了一種史無前例，
而且可以說是最高貴、最尊榮、
最精采和最快速的擦屁股的方法。」

　　衛生紙順其自然的成為圖樣標誌的另一項素材選擇，一如美元及其他的鈔票上總會印製政治人物的肖像。雖然把圖樣印製在衛生紙上似乎顯得不太恭敬，卻是自然的反應。例如侯杰—亨利‧傑洪（Roger-Henri Guerrand）在其著作「廁所的

歷史」（*Histoire des commodités*）一書中，敘及一段軼事：「話說1901年，俄皇到法國康皮耶涅（Compiégne）訪問。某位熱心有餘的公務員製作了印有皇家武器的便紙印花樣本，幸虧外交部在便紙送往印製之前，及時察覺恐有侮辱來訪元首之疑慮，因而未釀成大禍。」這些印有特殊圖樣的衛生紙從此禁止製造販售，但卻成了收藏家爭相蒐藏的珍品。

　　既然樣式都是清一色的空白，消費者只剩下香味和顏色可做選擇。今日仍可見到的有法式平面衛生紙及捲筒式可撕型兩種，而且有三種品質供選擇，最普通的是光滑而且彈指有聲的「白報紙」，不過愈來愈少見；中等的為「包裝紙質」的糙紙，至今仍有愛用者；最高級的是「棉絮紙漿」紙質，廣告總是誇大強調其柔軟的觸感。然而，衛生紙並沒有舉世皆然的標準。並非所有的人都使用衛生紙，因地方、文化、宗教的不同，各有差異。有人用手，有人用鵝卵石，有人或者信奉可蘭經中的訓示，以水來沖洗。信仰神道的日本人更有令人料想不到並且有效率的做法：日本某些公司為了能夠分秒必爭的學習語言，竟然直接將語言會話印在衛生紙上頭。

　　衛生紙的演變與進步似乎是沒有終點：日本最早的衛生用品東陶公司（TOTO）推出一種供給溫水及熱風的馬桶產品，免去了使用衛生紙的麻煩。只是想想，這會兒怎麼又回到了拉伯雷的老路……

現在某牌「衛生紙」的誇大廣告。
尚・菲薩斯攝。

一個「愉悅的場所」

　　幾世紀來，崇尚教育的知識分子以及宣講文明有禮的箴言教誨都未能真正改變什麼。儘管教人文明生活的教材頑固地減少敘述方便這個地方，甚至亟欲去其名而後快──「家庭中最不好意思說的地方」已經道出了十六世紀道學思想──但是，這反倒誘發那個年代的詩人蕭里亞神父（l'abbé de Chaulieu）無限的想像，並稱其為「愉悅的場所」。

　　上自達官貴人，下至販夫走卒，無人不依各自的想像，享受浸淫其中的時光。「我喜歡在如廁時閱讀，渾然忘我的不知晨昏。」盧梭（Jean-Jacques Rousseau）在「懺悔錄」（Confession）一書中如是說。這樣的想法自此蔓延開展，甚至有人喜歡直接在廁所擺上整櫃的書櫥。附庸風雅的才子賈伯曄勒・達律吉歐（Gabriele d'Annunzio，1863-1938）在自己的廁所內就有不折不扣、兼容並蓄的書櫃。至於沙夏・吉悌（Sacha Guity）則私下透露說，在那私密空間裡，自己得戴上眼鏡才行，因為要閱讀。

　　亨利・米勒針對此一主題，進行過有趣的探討（發表於1966年10月至11月的著作Plexus），以黑色幽默的寫法，如是寫道：「就我拾人牙慧所得的感想──大部分的人如廁時，閱讀的都是些膚淺的內容。」這位美國作家對於這樣的行為不以為然：「如果說上廁所是為了減少屯積在腹肚內的廢物，那麼利用這段時間充實無謂的精神糧食，簡直是給自己幫了倒忙。」所以，一定非經典不看嗎？米勒的回答也顯得同樣曖昧不明：「即使在這種情形下，我認為各位應該自問：究竟我需要嗎？需要把莎士比亞（Shakespeare）、但丁（Dante）、福克納（Faulkner）以及所有經典文學的口袋書在這個時候吸收嗎？我說老天呀！人生怎麼變得如此複雜。有時間，到哪裡閱讀不行呢？如果想找個伴兒，有太陽、星辰為伍（…）。問題不在於打發時間或是一石二鳥，這不過是各人隨其興的問題吧！」

　　此乃作家的勇敢直言，但我們得相信，這位作家可能需要擔心自己的言論，能否招徠更廣大的讀者群，不管讀者選擇什麼樣的閱讀場所。

　　廁所也始終是藝術表達的高級場所。羅馬時代已經開始在公廁塗鴉畫畫的行為，儘管政府三令五申，都未能奏效。根據「糞便文學叢集」（Biblioteca Scatologica）的記載，羅馬公廁充斥猥藝詩的情形眾所周知。到了十七世紀情形並未改善：「請君自重，您大可以吸吮你的指頭，

但請不要用你的手指頭在牆上亂塗。」這是當時警惕世人的公告。但沿襲已久的塗鴉癖有時竟也能發揮不同的效果。阿波里奈爾（Guillaume Apollinaire）於1910年2月出版的「生活中的小小美好」（*Petites Merveilles du quotidien*）一書中寫道：「含蓄的說，我不懂熱中在那些『場所』表達欲言又止的思想——『場所』在此為專有名詞——一般人誰會想要在那些『場合』發表長篇大論的思想。慕尼黑有家大型的啤酒吧餐廳近來實行一項足以稱道的創舉。該家餐廳在上述的『場所』吊了一塊黑板，放置了一小支粉筆，並附上說明：

　　「『請將您原想在牆上又塗又寫的文思與圖像，留在這塊黑板上！』

　　「於是，塗鴉成癮的人對此措施感到十分滿意，而且每小時都有服務生負責來擦黑板。」

　　還有什麼地方可以將淺俗的文化活動推展到這種程度呢？廁所文化——不論今天或是不久的從前，產生了令人訝異的轉變。扼要的說：廁所是毒販窩藏古柯鹼的地方，是歹徒、罪犯湮滅證據之處，是間諜、偵探交換訊息的場所，是同性戀者聚頭之地，是偷窺者窺探他人私密的地方，是高中生偷偷抽煙的聚集地，作弊者寄放小抄的密處，是失去性生活者手淫的地方，是知識分子探討人生哲學的場所，是賽馬者簽賭的場所，也是無所事事者玩文字方格遊戲的地方……

　　然而，二十世紀的歌唱家里歐‧菲海（Léo Ferré），擅長將詩人作品融入音樂，他認為那個地方也是可以讓人自由自在地作曲的小天地。同時，在傳統爵士樂界擁有極高地位的爵士樂手席尼‧貝卻（Sydney Bechet）也是在那裡寫下「小花兒」（*Petite Fleur*）這首歌——有人可以為證。試問，還有任何語言足以表達我們對這些地方的敬意嗎？

明信片〈1905〉。尚‧菲薩斯收藏。

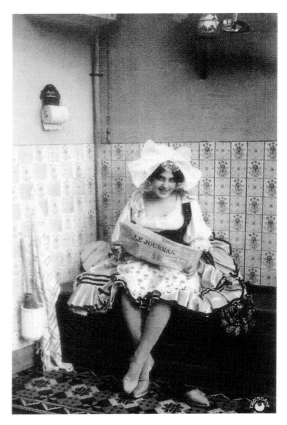

第二章

排泄物的功用

尿液耐人尋味的神化地位

　　早在醫藥不發達的黑暗年代，已經有人猜測尿液中隱藏著許許多多身體健康的秘密。西方醫學之父希波克拉底以及大師的接棒者加里昂（Galien）開啓了先河；然而，直到十二世紀末吉勒柯爾貝（Gilles de Corbeil）才寫下為數眾多的拉丁詩文，賦予尿液極優勢的地位：尿液學（Liber de Urinis）。從那時起，對琥珀色尿液的檢查——憑肉眼觀察——此後將近600年的時光中，莫名其妙地成了醫學大師的首要觀察任務。

　　根據當時的醫藥文章的記載，曾有個實驗必須在一個半明半暗的地方進行，光線必須「從盛裝液體的容器上方照射而過，而非經由兩側」。檢測的尿液——特別註明是睡醒的第一泡尿——必須蒐集置於一個透光的小便斗中，以方便辨識尿液的顏色。嚐尿液也是固有的傳統程序，甚至可以說是專業的義務，正如法王亨利二世規定的一條無奇不有的諭令：「誤診致死的病患，其繼承人向國王喊冤，據此，國王規定所有冤情必須上達，而且由國王審判，一如審判殺人案，並要求替人看病的醫生必須親嚐病人的糞便，而且給予無微不至的照顧；否則醫生可能難脫置人於死的相關責任。」

　　這個方式演繹出兩種結果：其一，醫生的標誌——漏斗試管，尚未流行之前，尿瓶很合理地成為眾多醫生奉為代表的徽章圖樣；其二，更出乎意料：造型藝術及文學界爭相頌揚尿瓶，並且以前所未有的嚴肅態度視之，與面對灌腸這碼子事時的竊竊私語，有著截然不同的態度。

觀尿術

　　尿瓶自此奠定了不可或缺的重要地位，並牢牢地深植在大眾的觀念裡。民眾此後認為能夠成天對著乳白液體審視的，才是醫術精湛的醫生。這樣的想法導致了嚴重的後果，一些江湖郎中利用民眾的無知，捏造出一套觀尿術，聲稱只要認真地觀看尿液，便可以無所不知。

　　這些觀尿算命師形成一股旋風：身為藥學家的昂段那・薛侯（Antoine Chéreau，1776-1835）很清楚什麼才是真正的分析。他曾說過，「那些光看尿液可以鐵口直斷的江湖郎中，自誇僅僅隔著玻璃觀察，即可斷言此乃男人或女人、老人或小孩的尿液。就好像面對著魔鏡，可以看到每個人的性格那般的神奇。他們自信可以判斷各種氣躁上火，或是鬱氣悶結的症狀。更有甚者，還自稱能夠藉此想像出病人身處的臥室，病人的床、窗簾的顏色等等。有天，有位貴婦人派她的女僕帶著她的尿液去找專門占『尿』術士；那可憐的女僕不小心在路上把尿瓶裡的液體灑掉了，但她很聰明地以馬尿來替代。哦！真是天外飛來一筆的靈感！醫神一看，頓時大喊著說：『告訴妳的夫人，她吃了太多的菜根啦！』我可不認為這些詭詐的江湖郎中的占卜技術能夠每次都這麼百發百中！」

蒙塔那所著有觀尿液神論一書的首頁插圖。

　　當時稱為「尿液檢查員」的這些人也想如法炮製，企圖藉此診斷懷孕或是預測胎兒的性別。其中還有人會毫不遲疑做出悲觀的診斷，當他預見尿瓶中有個小小的棺材形狀的東西！

死亡之舞及水腫之女

　　這個時期，美術畫壇最喜歡表現的醫病場景，都以尿瓶為第一或第二的主要背景。而且，其中不乏出自義大利、法國或是荷蘭學院的藝術家，自從十四世紀起，創作的經典大作中均可瞥見十分有名的尿瓶身影。

　　維哈（Vérard，1493年）寫的「法國編年史」（Chroniques de France），在描述答戈貝（Dagobert）臨終的章節中穿插了一幅版畫，畫中描繪君王行將就木前，御醫中有一人即使明白君主病入膏肓，仍然忍不住想從君王的尿液中尋找神奇的靈感。這名身著長袍的御醫在一間飾落些

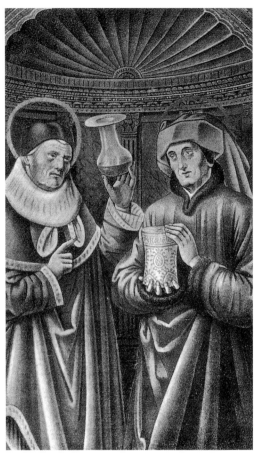

聖貢姆和聖達米安（安娜·德·布列塔尼著，「光陰的故事」的細密插圖）。

右圖：「便盆」，以糞便文學為主題的版畫，羅伯特─納特伊作（1623-1678），圖說如下：「您看這些珍貴的菜餚，吃啊，貪吃的醫生，聞一聞它們的味道，嚐一嚐它們的口味，再正確地告訴我們症狀如何吧⋯⋯」。醫學歷史博物館藏。

許光線的房間中，藉著穿透室內的一道光線，審視著瓶中仍溫熱的液體，在十五世紀時寫下許多有名的手稿。

梅爾美（Mermet，1410年）所著的「死亡之舞」（Danse macabre）把死亡搬上舞台，裡頭還有位拿著瓶子的醫生。維哈（1492年）所著的「亡者之舞」（Danse des morts）以及瑪戴歐律斯（Mathéolus，1492年）的著作中也有同樣的場景。還有安娜·德·布列塔尼（Anne de Bretagne，1477-1514年）所寫的優美且知名的著作「光陰的故事」（Livre d'Heures）裡也出現了聖貢姆（saint Côme）以及聖達米安（saint Damien）如此審視病情的表情。

荷蘭藝術大師傑利·杜（Gerrit Dou，1613-1675年）的畫作「水腫之女」（Femme hydropique）可以說是這類題材中最為知名的創作。藝術大家林布蘭（Rembrrandt）的另一位學生侯克斯特拉登（Van Hoogstraten，1626-1678）的創作中也不例外的出現類似的題材。即使病情並不能證明什麼，但尿瓶卻始終出現在一幕幕的場景中。賈柏暉·梅茨（Gabriel Metsu，1629-1667）只描繪拿著尿瓶的醫生。病人似乎病得並不嚴重，但醫生卻猛地搖晃著尿瓶。這讓人想到夏何勒·多雷翁（Charles d'Orléans）韻文詩：

> 何需把你的脈搏，
> 病源乃你的憂愁，
> 尿液也毋需審度；
> 你的病毫不嚴重，
> 藥方乃在於遺忘。

看看畫家哥德弗利·夏勒肯（Godfried Schalcken，1643-1706年）的作品「拿尿瓶的醫生或冒失的診問」（le Médecin aux urines ou la consultation indiscrète）以及杜畢辜（Dubucourt，1755-1832年）的著

作「看診怕怕」（*la Consultatioin redoutée*）都可以證明直到十九世紀，
這些「窺人隱私」的場景仍然大大地受到青睞。

除非是這些場景少去幾分窺人隱私的失禮——如在這一幅十六世紀的
版畫中，兩位愛神化身愛情醫生，圍繞著一位為愛枯槁的女士。不消說，
其中一位手裡拿的正是尿瓶。這幅「愛情之傷」（*Mal d'amour*）影射為
愛受傷，藥石枉然之意。

「那我的尿液毫無行將就木的徵兆嗎？」

尿瓶也曾出現於詩歌文學。十二、十三世紀由佚名作者寫下的故事
集「狐狸的故事」（*Roman de Renard*）中，描述一隻病懨懨的獅子，去
找酷皮勒（Goupil）大師看病。狐狸酷皮勒是不折不扣的「江湖庸醫」。
這個狡猾的狐狸要如何應對呢？

> 您會痊癒的，狐狸說。
> 請於兩天後，
> 帶著您的尿瓶來，
> 就可以知道您得到什麼病了。

1487年義大利醫生蒙大涅亞那（Montagnana）以尿液中透露的跡象
為題，完成了一項偉大的研究。八年之後，凱當姆（Ketham）所寫的
「醫學小集」（*le Fasciculus Médicinae*）一書延續蒙大涅亞那的研究，並
在其書名頁的側頁附上一幅版畫。畫中有位年輕男子體態優雅地捧著一個
大尿瓶，醫師群聚在尿瓶前彼此鑽研討論。這本書中最重要而且最創新的
地方，在於根據顏色加以辨別尿液（以此做為重要的參考依據）。

十五世紀末的「散文集百則新新聞」（*Cent Nouvelles Nouvelles*）
中，以一位泌尿科醫生以尿瓶看診為全書的主幹：有位法國香檳區的鄉下
婦人誤以為自己生了病（她的先生是醫生），她的母親向前來幫助的僕人
囑咐收集她女兒的尿液時說：「當她有尿液時，大夥兒快拿好尿瓶，讓她
尿在裡頭。」然後她告訴女婿說：「快拿著尿瓶去問大夫，有什麼法子可
以治好她的病。」

一些江湖郎中利用民眾的無知，
捏造出一套觀尿術，
聲稱只要認真地觀看尿液，
便可以無所不知。

這個可憐的傢伙，不消多說，快馬加鞭去找尿液觀察
家。這位專家過了一會兒，極盡所能地開始天花亂墜地胡
扯：「這時，這位仁兄拿著尿瓶來到大夫面前。當他向大夫

正在觀尿的「江湖術士」（1890）。

屈膝致意後，接下來醫生將要好好的診斷他的夫人的病情，告知她如何病
得不可思議。那位仁兄說：『我帶了她的尿瓶，以便大夫您了解她的病
情，幫助您做診斷。』」

　　醫生握著尿瓶，前看後看，上看下看，終於說道：「唉！你的夫人
得了熱病，如不及早就醫，正如她的尿液所顯示的，恐怕時日不多了！」

　　在「帕舍琳鬧劇」（Farce de maistre Pathelin，約莫1464年）一書

被譽為神醫和藥神的醫生夏何勒‧布瓦，曾經在一年之內連續對可憐的法王路易十八用藥，總共催瀉了**215**次，灌腸**212**次。

中，主人翁皮耶想要知道自己的病情，問醫生說：「那麼，我的尿液裡難道毫無行將就木的徵兆嗎？」

不管是誠實不欺的醫生鑽研投入或者投機取巧的觀尿大師，無論是前者或後者，都賺了大錢。特別是後者，藉由占卜、賣油膏以及護身符，把看診的費用哄抬到最高點。

當然，因觀尿術而創造周邊產品的藝術家，其名聲也因此水漲船高。

他們的幸運不是讓別人嫉妒得咬牙切齒，就是惹來他人譏諷的抨擊。

於是馬呂杭‧海格涅（Mathurin Régnier，1573-1613年）曾以荒誕的表達為名，挑釁馬列伯（Malherbe），前者在他自己寫的一篇諷刺詩「獻給摩旦」（*Motin*）中，對後者乏善可陳的詩作表示不滿：

可我，吾友，我的收入您不看在眼裡，
我學的是藝文這行。如果我曾經，
在年少時，乖乖坐在學校板凳上，
學習加里昂（Galien）、希波克拉底（Hippocrate）還是賈森（Jason）、巴托勒（Bartole），
隨我天南地北胡扯瞎談，
只要探探別人的脈搏、腹肚或胸膛，
靠著觀尿，我就可以賺進白花花的銀兩！

瀉藥的世紀

「7月23日，國王又服瀉藥，他相信對抗頭痛問題最穩當的方法就是清空腸胃。」這是在昂段那‧達剛（Antoine d'Aquin）於1671年所寫的「國王健康日誌」中做的記錄。

這份彌足珍貴、經由法王路易十四歷代御醫所傳承記錄的史料，顯示出國王的排泄物受到多大的重視。

1701年法貢同樣地在國王健康日誌中如此寫道：「7月29日，國王到教堂做完彌撒後，吞下了日常所服的藥，讓他腹瀉了9次，排泄物摻雜如豆大的溼滑粒子，並混合了少量的液體。」

同一年，根據同一本書的記載，我們可以看到更多法國史學上諸如

此類富涵意義的細節：「10月5日星期三，國王服瀉藥，純粹基於保健的考量，排泄的情形很順暢，且排泄量較平日多。但緊接著的星期五和星期六，國王多吃了些魚，導致星期六夜裡起身三次拉肚子，排泄物裡有來不及消化的食物，因瀉藥之故，產生過多的水分，但也因消化不良所引起。該月9號星期日，國王從起床直到下午4點之間，共如廁10次。因虛脫之故，他回寢宮休息，沒多久即入睡直到晚上9點才醒來。睜開眼醒來後，又上了兩次廁所。排泄物呈塊狀，未經消化。國王想讓自己看起來臉色紅潤，於是沒有進食，自11點起又就寢，一直睡到第二天早上10點。起床後，國王仍然腹瀉，排泄出大量液體及未消化的塊狀物，因此，國王不得不在床上聽彌撒，並一直在床上待到傍晚5點，且得遵守我有幸為國王調配的膳食。」

　　十七世紀催瀉及使用瀉藥是首屈一指的治療方法。有誰知道精力充沛、被譽為神醫和藥神的醫生夏何勒‧布瓦（Charles Bouvard），曾經在一年之內連續對可憐的法王路易十八用藥，催瀉215次，灌腸212次？阿弗瑞德‧法蘭克林曾在「舊時私生活」一書中，寫道「使用灌洗器的療法，在法王路易十四時代達到顛峰。在那個偉大國王的時代，也是瀉藥的偉大時代。一旦形成風潮，也漸漸演變成皇室傳統，成了生活中不可或缺

小侍女急忙抱著洞椅跑過來⋯「瀉藥」，版畫，亞伯拉罕‧鮑斯的作品〈十七世紀〉。

的一部分。」

有些人把灌腸一事大肆誇張，甚至演變成炫耀的排場。帕拉蒂曾描述1719年5月13日發生的一個場景，寫出了布根地侯爵夫人即是一位從來不避諱在王宮大臣面前灌腸的人物：「在國王的御宮中，當時有很多人，她移坐到火爐前，命一位僕人給她灌腸。這位僕人必須屈膝，雙手著地，匍匐爬向她。」正因為如此，耶穌會想盡辦法，用盡策略，說服了法王路易十四，正式宣布將灌腸一詞列為眾多「不道德」的措辭之一。此後，太陽王「不再要求灌腸，而是要求治療。法蘭西學院負責為治療一詞賦予新的意涵，列入法文字典裡。」

永久的藥丸

對於那些不能以「苦澀且催瀉」的瀉藥（和以聖水，因為也有可能是撒旦搗蛋的結果）或是「通氣且消腫」的藥物治療的病症而言，同時也是對於那些吝嗇小氣的人來說，十七世紀發明了一種永久藥丸，適足以滿足個別的需要，以供便秘者可以無限次使用的藥物。

當時的人將銻做成球狀，外觀形似小砲彈，此乃將銻灌入「火槍砲彈的模型中」（也許俗語所說的「把子彈放到大砲裡」的典故即源自於此），該俗話意指給自己開藥當醫生。

因為藥丸的機械作用，使得腸一接觸到銻丸，立即引發收縮反應，又或者是因為藥丸表面包裹了一層薄薄的氧化銻，所以可以產生刺激的效果。這個藥丸經排泄後幾乎完整無缺，所以可以無限次一再使用，甚至於朋友間還可以相互借用，更有甚者，還可以做為傳家之寶。

1772年「藥物暨外科學字典」（*Dictionnaire de médecine et de chirurgie*）揭示了銻丸的使用方法：「因為服用藥丸時，瀉藥的效果猶如放在水瓶上的某種漏勺或勺子，加速腸子裡的混合和沖洗，直到瀝出那顆銻劑小藥丸為止。藥丸本身經沖刷，再乾燥後，便可收起，所以可以留待下回適當的時機再使用。」證明如上。

「月之鹽」與「黃金液」

很久以前，無論是人類或是動物的排泄物，都是遠古祖先在藥典中經常使用的藥材。

儘管希波克拉底未曾提過，但柏拉圖的門徒暨好友賽諾克哈特

起初是因為好笑，後來轉為諷刺漫畫，瀉藥曾經是畫冊中的靈魂主角。「發射攻擊武器的藥劑師」，石印畫，1818年。卡納瓦雷博物館藏。

（Xénocrate，西元前400-314年）卻述及這些藥用的功效。此外，狄歐斯柯里德（Dioscoride）和塞斯圖‧普拉西徒（Sextus Placitus）也經常援引這些論點。普里尼（Pline）特別強調人類尿液具有解毒的功效，可治療眼濁的病症。「諸凡眼翳、視力不清、白內障以及眼瞼疾病均見效。」他更提到「童子尿對女人的生育極有助益。」

　　這些藥用的功效不僅從此流傳下來，甚至在古典主義時期，更被發揚光大，與時俱進。十七世紀出現了為數眾多且內涵豐富的論述，無論是固體或液體、動物或人類的排泄物，當時全都成為眾所關注的焦點。丹尼爾‧貝克海勒（Daniel Beckherius）1660年於倫敦出版的「醫藥微觀世界」（Medicus Microcosmicus）一書中聲稱在諸多方法中，喝自己的尿可以預防瘟疫，並聲稱見過實際成功的案例。

　　德國醫界權威克里斯狄昂‧弗朗茲‧保里尼（Christian Franz Paullini）在1696年於法蘭克福出版了一本著名的「排泄物藥典」（Pharmacopée excrémentielle）。在這本書裡，作者重新檢視傳說中的排泄物的各式療法，並予以正本清源。從他的研究可以發現尿液——成分主要為氨鹽——可用於治療肺濁、水腫、停經、各種發燒症狀、尿失禁、結石、眼濁、糖尿病、足痛風、發炎、憂鬱症、躁鬱症、暈眩、痢疾、瘟

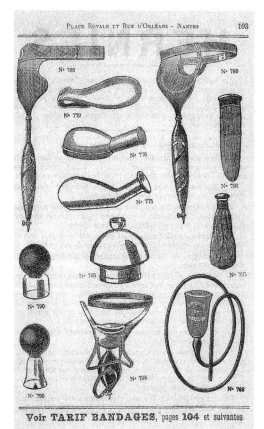

PLACE ROYALE ET RUE D'ORLÉANS - NANTES　　103

Voir TARIF BANDAGES, pages **104** et suivantes

摘自巴黎大藥廠的藥品目錄，南特
（1913）。

疫等等。某種程度上可稱得上是萬靈丹。也是因為
尿液的氨鹽成分，在賽維尼夫人（Mme de Sévigné）
所寫的「書信集」（*Correspondance*）中，有一封
她寫給女兒的信，寫道：「至於我喝八滴尿，是來
治我頭痛的毛病。很反常的是，喝尿讓我失眠，但
我曾經很相信其功效。」

　　唯有從十二歲的男童身上才取得到純正的尿液
（spiritus urinae per putrefactionem）。首先必須讓
男孩喝酒，然後用容器收集其尿液。之後將該容器
放入馬糞中，放置十四天，等水分完全蒸發之後，
再經由人的糞便加以過濾，最後以蒸餾器取其精
華。

　　十七世紀，到處可見「尿」影，或者該說幾乎
感覺到尿的無處不在。例如，煉金術士把它用在煉
金寶典裡，還有，當時的醋被稱為葡萄酒的尿，長
生不老藥則被稱為暴躁小子的尿……

　　這類藥方的服用方法有時令人反感，通常被冠
以深奧難懂的名稱，以達到安定人心的效果。所
以，每個人都誇說治好自己的藥方是「木星之
鹽」、「獵戶星之精」或是「黃金液」、「西方硫化
物」、「東方硫化物」等等。

　　依據狄歐斯柯里德以及加里昂的說法，著名的「地獄目錄」（*Réper-
toire infernal*，1863年）記載了減輕咽喉痛的方法：「首先找位性情溫和
的年輕男士，請他連續三天吃羽扇豆（lupins）以及烤得熟透的麵包，麵
包裡頭必須有酵母及鹽，同時讓他飲用淺色的葡萄酒。留下他三天後的排
泄物，混以相當的蜂蜜，然後如吞膏藥般吞下肚。若患者受不了其味道，
亦可當成藥膏外敷於患處：此療法百試不爽。但卻不是讓人覺得舒服的療
法。」

　　弔詭的是，此療法竟然在光明世紀（siècles des Lumières）之初，
仍然受人歡迎。雖然是理性時代難道就沒有大師級人物繼續吹捧尿療的功
效嗎？這可不一定。例如，法國科學學院院士尼古拉·勒梅里（Nicolas
Lémery）在所寫的「簡明藥品通用字典」（*Dictionnaire universel des
drogues simples*，1698年）中一篇標題為「人種」（*Homo*）的文章中堅
稱：「人類甫排出的尿可以催瀉，並對以下的症狀均有療效：關節痛風、

嚴重頭痛、血氣不順暢，只消每早空腹飲尿二至三杯。若趁尿液仍微溫時，敷在痛風患處，有助於減輕其疼痛。尿液亦可溶解結石，及減少結石，此外，還可以使皮膚上起的紅疹或騷癢處結痂脫皮（⋯）。」

　　他繼續寫道，「人類的糞便可以消化及分解，具有鎮靜作用，適用於治療炭疽病，有助於使瘟疫形成的淋巴結炎化膿，以及消褪咽喉腫脹等病症；有人將糞便晒乾，研磨成粉，做為口服用，可治療喉嚨脹大、癲癇以及間歇熱等症狀。拉丁文稱之為人類排泄物（oletum vel stercus humainum）。用量依病情可攝取從一史克普勒（scrupule）至一特拉姆（dragme）。」

鳥屎的千種功效

　　醫學協會倒不見得對人類排泄物如此熱中。加里昂曾經評其氣味難聞。反之，加里昂——他的影響力持續到十七世紀——反而相信牛、馬、驢、騾、羊、鱷魚以及狗等家畜的排泄物具有療效。例如他曾經成功地將山羊糞做成藥膏，並摻入燕麥粉，其療效在於減小硬腫塊或化去皮膚上的疔瘡。

散財惡魔。十八世紀版畫〈法國督政府〉。

《我的天啊！小姐，這個水怎麼這麼鹹啊！》《先生，您不知道這是十分健康的礦泉水嗎？》「健康的泉水」，十九世紀石印畫。卡納瓦雷博物館藏。

「地獄目錄」長篇大論地述及好幾種家畜類排泄物的功效及屬性：「公牛及母牛剛排出的糞便，以葡萄樹葉或白菜葉包裹，置於灰燼中悶熱，可用於治療傷口引起的發炎症狀。此外，亦可減輕坐骨神經痛。若混以醋汁可以化去淋巴結結核或頸淋巴結結核。加里昂還述及米希（Mysie）地方有位醫生，曾以溫熱的母牛糞敷在腫脹處，治好了各式各樣患有水腫問題的患者。除此之外，遭到蜜蜂、大胡蜂或其他蜂類叮咬時，亦可減輕疼痛。」

在這本書裡，還可以讀到：「豬糞可以治癒咳血。其方法乃是將馬糞混合等量病人所咳之血加以燴煮，並加上新鮮的牛油，再給病人吞下（如果病人有勇氣吃的話）。」同樣，山羊糞「加上新鮮的牛油和核桃油渣，對付腮腺炎是再好不過的藥方了。這個秘方聽起來很可笑，可是實際上卻極為有效。因為曾經治癒過二十幾位患有黃疸症的病人，他們每天早上喝下混合了五顆山羊糞與白酒的漿汁，為期八天……」

《還不錯，還不錯⋯》，版畫，皮卡的作品〈「巴黎人的生活習慣」系列作品之一〉，1825。卡納瓦雷博物館藏。

　　拉丁作家亦曾大幅提及這方面的糞便藥理學。例如普里尼曾寫過：「以老鼠屎放在腹肚上揉搓，可治療尿結石。亦可當做石子，含在口中，可以有效減輕口中的酸味。」普里尼還教導我們：「將駱駝糞便磨成粉末之後，以油浸漬，可以把頭髮雕塑成大、小捲的波浪。」塞斯圖·普拉西徒（Sextus Placitus）在他的著作「動物藥學」（De Medicamentis ex Animalibus）中，非常推薦使用馬畜的排泄物，治療流鼻血。再者，如有人誤吞了骨刺或魚刺，以貓糞摩擦口腔後部，有助於減輕疼痛。至於所有腫瘤及頭痛的症狀，可以使用大象的糞便，做為外敷使用，亦有療效。要治療小孩子咳嗽的毛病，可以烏鴉屎來治療；亦可將烏鴉屎置於齲齒處，減輕牙痛。河馬的排泄物經煙燻後可治療重傷風；鱷魚糞則可以治眼濁的病症。豹的尿液可減輕小便困難的症狀。

　　然而在諸多療法中最廣為運用的堪稱為百花香精〔l'eau（ou l'huile）de Mille-Fleurs〕，其成分「來自於以牧草肥美季節所飼養的母牛，將其

普里尼告訴我們將駱駝糞便磨成粉末之後，以油浸漬，可以把頭髮雕塑成大、小捲的波浪。

糞便及尿液經火燒分解即成。」果真如傑宏‧貝斯達洛茲（Jerôme Pestalozzi）於1706年所寫的口袋書「百花香精論述——時尚之鑰」（*Traitéde l'Eau de Mille-Fleurs, remède à la mode*）所言，那麼這種香水甚至曾在十八世紀初在法國蔚為風潮！

另一種胭脂

　　以前的胭脂及化妝品也常常利用動物的排泄物。鱷魚的排泄物即享有盛名，加里昂曾記載羅馬時代婦女常常利用此物。希臘醫學家狄歐斯柯里德亦曾記錄此法對於女性臉部美容的功效。此外，「地獄目錄」一書中也述及類似的秘方：「想要青春永駐，在此提供各位女性，讓人更加美麗動人的秘密武器；這是一種化妝的方法。取蜥蜴的糞便、白酒酒石、鹿角粉、白珊瑚以及將米磨成的粉末，各成分等量，置於缽中，搗碎成細粉末；接著將各材料混合在一起，再取等量的杏仁，及葡萄樹上或花園裡的蛞蝓、毒魚草的花，磨出汁液後，再加入等量的白色蜂蜜，之後與先前已經混合好的細粉末材料一起置於缽內搗爛。然後放入玻璃瓶或銀製瓶內存放。等要用的時候，可直接塗抹在臉上或手上。」我們不得不承認，此乃獨一無二的藥方是也。

　　至於「軼事百科全書」（*Encyclopediana*，1856年）則援引了格陵蘭人的做法：「他們認為以尿洗臉後，可以散發芳香；他們將此視為香水，而且如果有女孩讓自己散發這樣的芳香，大家會讚嘆的表示：噢，她的身上果真散發著女人的韻味！」

好厲害的巫術

　　醫學與巫術兩者之間的差距有時不過僅僅是一線之隔。猶如從尿液的觀察中發展出尿液占卜術，糞便藥理學也同樣衍生了許多千奇百怪的旁枝。因此對於將人類與動物的糞便廣泛應用於春藥暨其解藥、魔法暨解除魔法等目的，沒有人會感到詫異。

　　普里尼——又是他——寫過「有人將猴子及變色龍的糞便混合，塗在仇人的門上。」據稱，這樣的做法可以使他的仇人成為天底下大家都憎恨的人物。

　　尚—巴伯弟斯‧提耶（Jean-Baptiste Thiers）曾於「迷信論」

（*Traité des superstitions*，1741年）中述及一種奇怪的春藥藥方：「此法常為婦女或少女所使用，目的在於使她們的愛人回心轉意，像從前一樣疼愛她們（…）她們讓男人吃下一種蛋糕，其中摻有我不便言明的穢物。」解藥乃是必須將下藥的女人的排泄物，塗於男人的鞋跟上，才得以解除魔咒。

「地獄目錄」談到某種奇怪的釘牆巫術，此法「有如巫婆的魔法，或更應該說是牧羊人的邪術。這種法力使人無法上小號。此巫法的名稱，典故取自於口唸魔咒時，須同時將鐵釘或木釘，釘入牆上（…）要解除魔法，必須對自己右腳的鞋跟，大啐口痰後再穿鞋即可。此法與提普勒（Tibulle）詩集中，記載祖先在胸前啐三次痰，以解除魔咒或使魔法失效的做法，極為類似。『巫蠱迷信術』（*Uropténie ou chevillement*）書中，講到酒桶、鐐銬、洗衣劑、風車以及所有在溪邊及河邊的東西都可能和巫法及魔咒有關。」

人類學家約翰·葛瑞格里·博凱（John Gregory Bourke）在「糞便的儀式」（*Les Rites scatologies*，1891年）中描述了與上文效果迥異的巫法：「從意外死亡的人身上取下腳或小腿或手臂的骨頭，清空其骨髓，代之以人類的糞便灌進其中，再以蠟封口，浸於滾燙的水中，此法可使受詛咒之人腹瀉不止，骨頭保存在水中多久，對方腹瀉的情形就會持續多久，甚至最終可以使對方虛脫至死。」

除此之外，被視為對抗惡運的有效方法之一，就是將中邪之人的尿液放一點到瓶子裡，再加入一些大頭針、縫針、釘子後，再將瓶口封住，然後再置於火前，其目的在於從此封住邪靈。

「粉糞肥」的黃金時代

義大利作家薄伽丘（Giovanni Boccace，1313-1375）在他著名的大部頭著作「十日談」（*Décaméron*）中的一集小說裡，敘述到「就在這個糞坑區，鄰近田地的農夫挖起糞污（義文為comtesse de Civillari，又有人稱之為弗羅倫斯的污水坑），以澆灌施肥他們的田地。」

將糞肥做為農作肥料是長久以來的傳統。古代各民族似乎都利用了這種方法。希臘人祈求糞便神，利用人糞肥當施肥。至於迦太基人，對自己的施肥品質再驕傲不過的了。普里尼認為「無法每個月聚集一車所有家禽的糞肥和十車牲畜的糞肥，以及十車人類的糞肥者，稱不上是一名好農夫。」東方直到上個世紀仍然利用糞肥。德·紀涅（De Guignes）在他

的著作「北京遊」（*Voyage à Pékin*）一書裡寫道：「中國人似乎很缺乏肥料。因為到處都可見提供遊客方便的地方。」

北方的農夫世世代代都利用弗拉蒙（Flamand）肥料——又可稱為人糞肥——此種肥料從糞坑取來，而且必須擱置好幾年，待其醞釀發酵，因為得給它時間變「魔法」。「十九世紀百科大辭典」（*Grande Encyclopédie du XIXᵉ siècle*）明確指出「尤其是亞麻田、罌粟田以及煙草田最常使用這種肥料。」

「粉糞肥」（經乾燥並磨成粉末的固體物質）在法國農業史上也曾佔有一席之地。大約於1810年，「粉糞肥」的使用開始普及，當時法國的每一個城市都或多或少擁有製造「粉糞肥」的工廠。

根據「世界百科辭典」，當時尚未為人所善用的尿液「其實對於蘿蔔、馬鈴薯、亞麻等作物以及秋天的穀物來說，是再好不過的肥料。但使用時必須小心用量，因為尿肥易造成植物倒伏倒折。瓦涅歐（Joigneaux）說，在園藝上，這種尿肥也是我們極珍貴的肥料之一；以澆花壺灌灑（⋯）。」

將尿液澆灑在葡萄樹及果樹的根部，不僅可以增加產量，還能增進果實及葡萄酒的氣味。從這個角度來說，可見大自然有時自有其運行之道。利傑（Liger）1844年寫道，「某家旅館有一棵葡萄樹，就這樣種在來往旅客舉目可見之處。值得一提的是，這棵葡萄樹成了大家碰頭的地方：每個人都到那裡小號，一看到這棵樹，唯一想到的就是趕緊解除身體上迫切的需要；但是，在大家的澆注下，這棵樹益發顯得與周遭植物不同：不僅枝葉繁盛，還顯得生氣蓬勃，而且果實纍纍令人讚嘆，更弗論其果肉之香甜。」

此後，還出現了鮮為人知的施肥法，可以讓甜瓜快速成熟，從「生活小智慧字典」（*Dictionnaire des trucs*）中所舉的例子可以得知。「在大型的農業中心，甜瓜的成熟仰賴以下的兩種方法，甚至有些著名的地區，還利用此方法做為蔬果的施肥方法。其一為扭斷枝梗；其二乃是在瓜果上注射人類的尿液。每顆僅須幾滴即可。兩天過後，不僅瓜熟蒂落，且味道香甜⋯⋯」

阿摩尼亞城

如果說十九世紀是一個功利思想的年代，那麼經濟、政治甚至學說理論都受其影響。吉哈登（Girardin）以及杜・伯何（Du Breuil）在「農

每個人都應該以虔誠的態度，
收集自己的糞便獻給國家做為堆肥之用。也就是說，
就像繳稅或捐出個人所得給稅務員一樣。

業初級課程」（*Cours élémentaire d'agriculture*）堅持尿液為非常珍貴的肥料（猶勝於糞便），因為一公升的尿液中含有相當於一公斤小麥所需的必須氨含量。加減乘除一番估算後，出現的數字令人驚訝，簡直有如作夢一般。1857年，「醫藥化學期刊」（*Journal de chimie médicale*）曾指出，「如果往巴黎的賽納河裡倒入33萬2千立方公尺的糞水，就如同白白浪費了2億7千5百萬公斤的堆肥。」如何保留住這些既可貴又滋補的肥料，不讓它們變成污水？這就是問題的癥結。

　　法國名作家喬治桑（George Sand）的朋友皮耶‧勒胡（Pierre Leroux）在「社會期刊」（*Revue de l'ordre social*）上提供了一個充滿創意的辦法，可惜遲遲未見任何後續發展：「如果人們真相信、真有智慧、真的虔誠服膺社會主義，而並非一笑置之，那麼人們將會既虔誠又崇敬地宣揚回收的觀念。每個人將奉行收集自己的糞肥，交給國家，也就是交給稅吏，以代替稅金或獻金。這樣的話，農產量可以迅速增加一倍以上，世界上也將不再有飢餓悲慘的情事。」

　　1844年，吉勒‧賈何尼耶（Jules Garnier）想要改造蒙弗功（Montfaucon）市鎮，將該鎮的淨水池改建成製造阿摩尼亞的大型工廠，並名之為阿摩尼亞城（Ammoniapolis）。他很感性地寫道，「蒙弗功市屆時就與巴黎相提並論，與來自巴黎的都會人同樣高人一等；這個城市將成為外省既羨慕又嫉妒的標竿；到那時，每個省會將欣羨我們可以把危害環境的垃圾及廢棄物，化腐朽為神奇，並且夢想著如法炮製他們自己的蒙弗功市。」

「把我們的糞土變黃金」

　　雨果個人也曾以同樣的感性筆調，加入這場以糞便為名的筆戰行列，在他的名著「悲慘世界」（*Misérables*）中有一章利維坦的腸（L'intestin de Léviathan），雨果這麼寫的：「科學經過長久以來的摸索，終於發現最能提高肥力及最快加速作物成長的肥料，就是人的糞便（…）。」這位國寶級的偉大詩人接著寫道，「在都市中，與鳥糞等量的人糞肥，其肥力卻高過於鳥糞。愈大的城市也是人糞肥愈多的地方。利用城市來灌溉平原，或許是一項肯定成功之舉。如果我們的黃金來自於糞便，那麼，反過來說，也可以說是我們的糞便就是黃金（…）。同樣的人糞肥

或者一點一滴，或者成川成河，從我們的污水溝聚集到河流，再由一條條的河流匯入了海洋。每一條污水溝流失的肥力，等於是浪費了我們1000元法朗。」

現代的化學知識掃除了人類對人糞肥的美麗思辨與爭論，直到十九世紀末葉，人糞肥的時代終於邁入歷史。

地毯的背面

古羅馬時代在路邊設立蓄尿池並非完全基於公共衛生的考量，同時也是因為羅馬皇帝韋斯巴藪（Vespasien）及其他幾位羅馬國王在位時，羅馬人有向政府買尿液，做為氈合毛絨之用的習慣。在肥皂尚未成為清潔品之前，工廠在染色前，其實都使用這種原料來清洗毯織品及布料。

十五世紀仍利用尿液做為氈合毛絨及去衣服油污之用，但不乏反對的聲音：例如1493年，巴黎的針織品商因反對此項做法，向國王請命，表示「上述的帽製品及其他織品若誠如所言以尿液洗滌，非但不清潔衛生，更不適於戴在頭上，恐有感染之虞。」

事實上，有許多部落民族拿尿液做為去污劑，不僅最常用來消毒，

催瀉整腸藥Mucinum的廣告
（1930）。尚・菲薩斯收藏。

清除化糞池的水肥時，總是滿街生《香》。明信片，約1900年。尚·菲薩斯收藏。

903. Une Rue de Paris à 4 heures le matin
Ça porte bonheur　　J. H.

也是銷路最好的清潔劑。印第安部落的摩基人（Moquis）、祖尼人（Zunis）以及其他的印第安部落都有收集尿液、置於陶罐的習慣，做為日後染羊毛毯及羊毛衣的染劑。西伯利亞東部的人民一樣會收集一家人的尿液做為日常生活所用：如洗滌、染色等等。

　　受到合理重視的尿液，有著最優質的染色功效！從1823年死刑犯寫給哥培林（Gobelins）製造廠的書信中得以窺見，此乃引述自「傻事字典」（*Dictionnaire de la bêtise*，貝契〔Bechtel〕及卡里耶〔Carrière〕著，1965年由賀貝·拉封〔Rober Laffont〕出版）。向來以擅織美麗掛毯聞名遐邇的哥培林廠，應該是最能有效利用尿液，並將其功能發揮至極才是。

　　敬啟者：
　　我曾數次耳聞貴公司有重刑犯部門。這些犯人經餵食刺激性食物之後，能夠更確切地產出深紅色的尿液。
　　我本身非常不幸地被判了死刑，非常希望能夠待在您的工廠裡直到老死；懇請貴公司高抬貴手回覆我的請求，如果貴公司真如傳聞有此部門，並請告知如何進入貴公司的程序。

十七世紀時，染布工人彼此競賽染布技巧，我們知道在顏色方面，他們發明了「死者的復活」和「快樂的寡婦」，以及被稱為「便秘」或「無尿」等顏色。

另一位志願者如下寫道：
敬啟者：
　　我對生命了無盼望，打算終此一生，投效哥培林實行的染匠管理制度。為使貴

公司了解我的工作能力，藉此機會容我毛遂自薦：我可以一天喝下二十瓶酒，仍然神智清明。如果貴公司願意給我機會，即可知我不是空口白話。

中國的酷刑

　　若說排便功能對某些人來說是一種拯救，但對其他人而言，也可能是一種嚴厲至極的懲罰。

　　據波伊帝歐（Boaistuau）的記載，羅馬皇帝艾里歐卡拔（Héliogabale）生於西元204年，喜歡與賓客大玩殘酷遊戲，而且樂此不疲。他讓賓客們喝酒喝到爛醉如泥，「然後等大家喝得不省人事的時候，他再命令屬下將賓客們的手腳以及尿道綁在一起：讓他們無法小便，直到死去。」

廣告單，上面有《如何照顧腹瀉小孩的醫療建議》（1885）。

　　我們認為精於折磨之術的中國人流傳著一種怪異且恐怖的酷刑。博凱如此寫道：「某些等級的罪犯被囚禁在石灰桶或石灰箱，於日正當中放置於路旁。午膳放在這些可憐的犯人伸手可及之處，但菜色不是鹹魚就是其他鹽漬品。他們隨時有足夠的水可喝，以紓解因醃漬製品引起的口渴感，然而，正當他們得以酣暢猛飲的時候，這些不幸的人只是徒加自我折磨，因為他們紓解腎負擔的同時，排出的液體適足以增加吸熱的效果，使他們被燃燒至死。」

　　許多稍微不那麼殘酷的肉刑也都和糞便脫離不了關係，例如英國的「恥辱之椅」或「拷問椅」，這些洞椅專門用於懲罰悍婦、不守婦道的婦女以及奸商。

　　還有，在印度神話裡，誹謗或是誣蔑他人者都被迫要將糞便吞下肚。

「我只在道達爾（Total）噓噓」

　　驚世駭俗和不合時宜總是不甘寂寞。看倌可以聽聽上個世紀，鹿島（l'île de Deer）上流傳的一則充滿智慧和嚴肅的建議：「尿在你的鞋上，

許多稍微不那麼殘酷的肉刑也都和糞便脫離不了關係，
例如英國的「恥辱之椅」或「拷問椅」。

以防止鞋子蹭出摩擦聲。」

馬可波羅（Marco Polo）敘述過一個有趣的見聞。他說，卡拉榮（Carazan）省的居民隨身都攜帶一瓶毒藥，做為遭韃靼人逮獲時，自行了結的方法；不過，韃靼人卻硬要自殺者吞下狗屎，做為解毒之用。

從前在緬因州的東部，小男孩為了怕抽筋，尿尿在自己腳上。或許可以追溯至亨利·如昂（Henri Jouan）將軍在他的「書簡」（Lettres）中所描述的故事有關：「有人說路易菲力普（Louis-Philippe）國王上馬前，從未忘記在坐騎的左後腿上灑尿。此乃根據騎士的傳統，據說可以強化牲畜的腿力，使得牲畜撐得住騎士上馬使勁的力道。這是以前我從國王的兒子如安維勒（Joinville）王子那裡聽來的，四十五年後的今天，我在他領導的法國雙桅帆船（La Belle Poule）戰艦上駕駛船艦。」

對於糞便的功能，人們還有什麼沒發現的呢？當木材不易取得時，它可以充當燃料。此外，它可以混合尿液及蛋白，加強鍍金的效果。再者，你以為俄羅斯的太空人在太空裡喝什麼呢？他們的尿液。不過，請注意！是過濾處理後的尿液。這差別可是南轅北轍，一如善與惡往往僅是一線之隔。

糞便有時也是演戲的絕妙工具。紅衣主教昂段那·杜普拉（Antoine Duprat，1463-1535年）曾一時失寵，遭囚禁於大內牢房裡。他曾佯裝無法排尿，才得以逃出牢獄。為了取信於人，他偷偷喝下自己的尿，騙過了醫生們的銳眼。醫生於是向法國國王法蘭西一世（François I er）警告說，如果不想失去宰相的話，最好盡早把他給放了。

噓噓的好處大概永遠也數不完。我就以某個用「噓噓」為廣告詞的小插曲做為這一章的結論吧！記得某個廣告曾經毫不避諱地將噓噓兩字用在廣告詞上：一位汽車駕駛員向隔壁的駕駛悄悄的說，「我只在道達爾（Total）噓噓」。這個廣告意在說服觀眾到這個品牌的休息站去加油。（1995年電視廣告短片）。

可望而不可即的痛苦煎熬……目的在取笑爭取婦女參政權的英國婦女。一八六五年英國婦女掀起了女性主義運動，此運動於二十世紀的前十五年風靡了全球。尚·菲薩斯收藏。

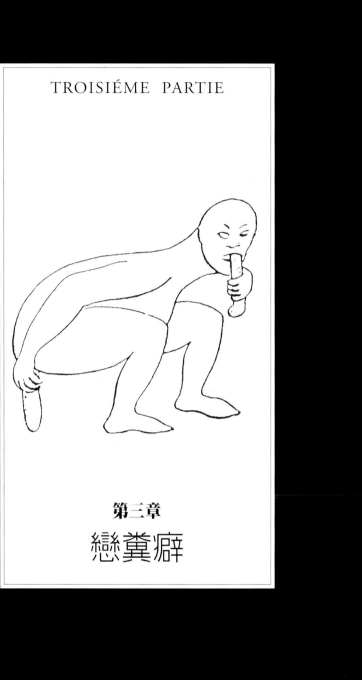

TROISIÉME PARTIE

第三章

戀糞癖

舊時的功能

古代文人作家於書寫中援引糞便的功能時，通常不帶有懷疑的語氣，也沒有引人爭議的諂媚意味。反而以簡約的筆調描述糞便的功能，他們不排斥以糞便的功能為主題，甚至在需要、可利用或是愉悅的情境時，如此的書寫還能夠誘發令人開心的效果，儘管醉翁之意不必然在於引起哄堂大笑。糞便的主題依其應有的機會和地位，出現在我們生活的範疇中。

希臘羅馬神話中，有一隻貪吃的怪物哈耳庇埃（Harpies[1]）。他有女人的頭、禿鷹的翅膀和尖銳的爪子。他們喜歡將糞便鋪灑在敵人的菜餚上。儘管我們覺得他們嗜食糞便的行為超乎常理，但是當我們告訴別人這個神話故事的時候，應該也沒有人會被嚇到。

早在過去和現在，愛情的分泌物或是生理的排泄物便具有喜劇的吸引力和爆發力。喜劇作家們的用意真是令人敬佩，他們的目的主要在於吸引漫不經心的觀眾，愉悅他們、引誘他們，使觀眾更能明白喜劇裡所隱含的哲學或政治意涵。

例如古希臘身經百戰的鬥士阿里斯托芬[2]（Aristophane，西元前445-

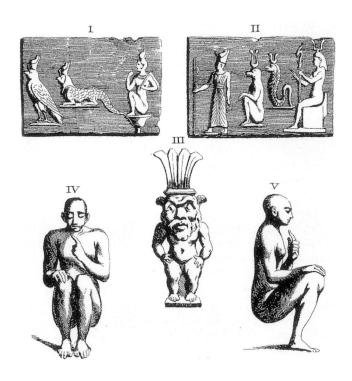

前386年[3]）曾經趁著裁判轉身時，為了逼退對方，朝
對方的腹部猛力一擊。他訕笑的筆調可以傷人、
他批判的文字可以置人於死地。他自認為有理
的時候，從不畏懼引用暗喻，即使肆無忌憚
的諷刺對象，也在所不辭。阿里斯托芬很
下流嗎？當然沒有。而且他也不粗俗。
他的著作「劇場」（*Théâtre*）一書內涵
深厚，俯拾皆是寶物。這本書中無時無
刻都有人撒尿，有人放屁，有人撇條，
有人「在河邊倒尿桶」（「阿哈奈人」
〔*Les Archaniens*〕[4]）。書中那位大使宣
稱：「到了戰爭的第四年，我們攻進了國王
的皇宮，但他卻和軍隊去拉大便，前後八個
月，他都在黃金山上用力的拉。」

　　那個時代劇場沒有受到任何限制，所以劇作家埃斯奇
勒（Eschyle）與索福克勒斯（Sophocle）在他們的諷刺悲劇劇本裡，都
加進了一些臭味薰天的尿壺，他們描寫當賓客討論到激昂處，開始進入酒
醉狀況時，便會情不自禁地把尿壺往自己的頭上倒。

有一個雅典杯子的裝飾圖案（西元前五世紀），尼泊爾國家博物館藏。

---

[1] 希臘神話中的怪物。牠們原來是掠奪成性的鬼魂或旋風，曾折磨菲紐斯
（Phineus），直到被阿爾戈英雄們（Argonauts）趕走，哈耳庇埃之名意為「攫取
者」。

[2] 古典主義時期的希臘喜劇詩人，以打擊煽動家以及詭辯者的言論為己任。

[3] 有雅典時代的莫里哀之稱。他捍衛小老百姓的權益以及民主的體制，始終與雅典時
代的詭辯派人士對抗。

[4] 阿里斯托芬早期的作品。

　　前蘇聯歷史學家米凱‧巴赫丁（Mikhaïl Bakhtine）提到「幾幕類似
的戲裡都出現這個赫克力士（Hercule）的丑角，從許多古代花瓶上的圖
樣就可以發現：可以看見赫克力士醉得幾乎癱倒在地，手裡還擁著一名高
級的妓女，還有一名老鴇往他的身上倒了一盆夜壺，或者他手裡扯著夜
壺，追著某人跑的景象。」

　　拉丁作家阿布雷（Apulée，西元第二世紀）寫了一本小說，名為
「黃金之驢」（*Âe d'or*）。這部既趣味又詩意的創作描寫可憐的主角路希玉

克雷皮特斯神〈通便神〉和他的兩位《助手》。「古埃及、伊特魯利亞、希臘和羅馬文集」〈1752-1767〉，凱呂思伯爵，插圖和雕刻亦出於同一位作者之手。

（Lucius）變身為一種奇蹄的動物，但仍保有人類的聰明。所以，當牠碰到一群領著高大牧羊犬的強盜時，非常聰明的想到下面這個計策，才得以脫身：「那些人很費力地拉住他們的狗，用一條連著手環的牢固皮帶把我綁起來，還開始揍我。要不是因為我的胃經過他們拳打腳踢後引起一陣絞痛，要不是因為我的胃裡塞了太多之前吃下的生菜，引發脫水性的腹瀉之苦，那麼我就不會排泄一大堆的糞便，把某些人濺得全身都是，嚇得他們趕緊逃命，於是其他的人聞到如此噁心的惡臭時，也顧不得該先扭斷我的脖子，全都撒手匆匆離去了。」

　　不論是一泄千里的糞便或是尿液傾盆而下的傳統故事情節，都是古代文學降低身段的傳統手法。這類的情節依然在中古時代扮演重要的角色，舉凡插科打諢、嘉年華或是熱鬧禮儀慶典，都少不了這些傳統的情節，十八世紀小說「野獸的故事」（Roman de Fauvel）即是一例。

拉伯雷，當然……

克拉納赫為馬丁・路德所撰寫，抨擊羅馬教會的小冊子「反對魔鬼建立的羅馬教皇！」所繪的第十張插圖〈1545〉。

　　「這魔鬼是什麼呢？你們稱它為洩肚（foire）、屙屎（bren）、狗屎（crotte）、鳥屎（fiente）、排泄物（déjection）、糞便物（matière fécale）、糞便（excrément）、狼糞兔糞（repaire）、狼糞野豬糞（laisse）、烏鴉屎（esmeut）、鹿糞（fumée）、屎（étron）、森巴勒（scybale）或者史匹侯特（spyrote）？」這些詞從最粗俗到最引經據典，拉伯雷共列舉了14個，最後幾個更有可能是他自己杜撰的。

　　身兼教士、醫生及文學家三者於一身的拉伯雷，正是文藝復興時代最典型的作家。二十世紀小說家兼劇作家埃梅（Marcel Aymé，所有評論家中最有權威者）曾如此評論拉伯雷：「拉伯雷式的哄堂大笑仍是古今文學史上絕無僅有的特殊現象，阿里斯托芬、薄伽丘（Boccace[5]）以及莫里哀都只能在一旁自慚形穢。」

　　那個時代的文風既自由又抒情，所以拉伯雷得以高談闊論糞便、尿液以及截肢的話題，他的寫作也才得以變成巨大雄偉的詼諧史詩。因此，他寫出了加爾唐曲亞（Gargantua[6]）面對巴黎人的那一段，「他拉開美麗的褲襠，掏出他的命根子，在空中揮舞，氣勢凌厲地灑在

巴黎人身上，淹死了26萬418人，但是其中沒有女人和小孩。」他的
坐騎涉水走過維德（Vède）時，在尿流湍急的洪濤巨浪下，戰
勝了皮克侯夏勒（Picrochole）的士兵。那是龐大固埃以他的
尿液淹沒了阿那希國王（Anarche）的陣營，也是同一個龐大
固埃，因為染上淋病，尿液變得滾燙，才創造出法國和義大利
各地溫熱以及具療效的溫泉水療源頭……」

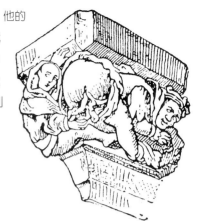

教堂的雕花柱頭〈十二世紀〉。

---

[5] 義大利名為Giovanni Boccaccio。

[6] 法國作家拉伯雷的「巨人傳」（*Gargantua-Pantagruel*）中的主角。

修士是怎麼誕生的？〈取材自1520
年出版的一幅銅版畫〉
「是誰把這些該死的修士帶到世間
來？」「是蹲在絞刑架上的撒旦從
他的屁股…大出來的？」

聖化的糞便學？

有數十件怪異的藝術品，現今觀光客看來會覺得莞爾甚或感到驚訝，但對紀念品商販來說卻是營利的來源，這些藝術品裝飾於宗教建築的外部，而且都是令人感覺突兀的非基督教的人物與背景。例如怪物、魔鬼、情色淫逸的場景等。

我要在此提出三項理由來解釋如此唐突且矛盾的情形。首先，以一般的觀點來看，當時的道德自由允許如此的表達方式，儘管教會未必同意，仍對這些現象盡量容忍。處於異教的怪異氛圍中，世俗與神聖難捨難分地糾結交雜。此外，在教堂的兩側以外的噴水池發現魚水交合的主題，也是那個時代的藝術家以及工匠對情色的浪漫遐想的最佳寫照。

第二個原因與驅魔有關。鑲嵌在修女院或修道院外的雕刻或壁畫，雖然並不令人想起魔鬼或可怕的怪物，其外觀上儘管平凡無奇，實際上卻更駭人。因為這些魔鬼既不想，更沒有權利進入神聖之地。而這些雕刻和壁畫不僅呈現魔鬼和怪物的原貌，而且表現了他們的作為。

第三個理由則是直接將醜惡毫不掩飾的展現，目的在於不時喚醒偏離正道的教徒，以端正自我與節制反省。這樣的做法可能摻雜了某種程度的狡黠或是偽善的意味，並不符合天主教的作法。

此外正如各位所知，中古世紀流傳的某種觀念，當時的人認為這些鬼怪是由代表「教士權」或「主教權」的人物所創造出來的，好幾幅銅版畫可茲說明。例如路德（Luther），魔鬼一點也不討厭他，正如魔鬼一點也不厭惡人類的排泄物（「席間閒談」〔*Propos de table*〕，在路德所寫並由克拉納赫〔Cranach〕插畫的小冊子「反對魔鬼建立的羅馬教皇！」〔*Contre la papauté de Rome fondée par le Diable！*〕一書中，教會改革人士與路德以各種排泄物為主題抨擊教皇主義）。

公開小便或良家婦女的證明

醫生弗洪斯瓦‧布胡亞（François Brouard，又名貝侯亞‧德‧維何維勒〔Béroalde de Verville〕，1556-1629年）是「尋找藝文界資助的窮詩人」。他也是風流的議事司鐸，出版了許多風流文集，其中有一本集合綺思、政治兼哲學的雜文集「抵達的方式」（*Le*

中世紀的人認為妖魔鬼怪是由代表「教士權」的人物從屁眼裡製造出來的。

Moyen de parvenir），包含了所有對「過去、現在以及未來」的思考。

　　依據拉・蒙諾（La Monnoye）的說法，這部作品「帶給瑞典克莉斯汀皇后（reine Christine）很多歡笑的時光，」他說：「當克莉斯汀皇后要她最鍾愛的女僕思帕荷（Sparre）朗讀其中的文章給她聽時，笑得簡直直不起腰，而美麗的思帕荷則一臉尷尬。」小便這件事是書裡搞笑中的重要角色，裡面講到主角螃蟹的冒險故事。故事是這樣的，主角是一隻從漁夫藍網裡逃出來的螃蟹，在夜裡找到一只尿壺做為蔽身之處，並等待著「好心人的出現」。接著故事如此發展：「在阿勒薩希斯（Alsassie）這個稱得上美不勝收的地方，那兒的女人還算自由，而且很有智慧。為了表現這個地方的美麗，女士們每個星期只小解一次：只要星期五一到，就像去市集般，她們會成群結隊在早上集合（數大就是美）；而且依據身分地位的不同，分批小解，正因為如此，那些教養好的女士不會因為在普格（Pougues）的噴泉下暴露了一小部分的臀部而感到羞赧。這就是這個地方的傳統習俗！也許在我們國家覺得這種做法一點也不好；但在那個國家卻是賞心悅目的事。同樣在諾曼地那個城市也有特殊的習俗，例如有些人會在左邊的口袋放一條手帕，做為擦拭臀部使用，而右邊口袋裡的手帕則是擤鼻涕用的。」

　　「話說回來，這些女士們進入公廁（pissoire）或是說小便間（pissotière）之後，會自動擺好姿勢，她們宛如一座座崢嶸的英格蘭山脈，每一間各有不同的尊貴、特權與榮耀的氣勢，她們的動作既公開又顯目，整齊劃一地恰如騎兵閱兵時的動作。在此方便處，她們或盡情肆意，或暢快淋漓，或一泄而出或是慢條斯理的清空了膀胱的負荷。她們尿量之多幾乎形成源源不絕的河水；自此德國佬、比利時佬以及英國佬引進他們的好水做啤酒，而且製作出的啤酒味道更濃更芳香。於是，這些女人不愛自己的丈夫，她們比較喜歡法國人，因為她們認為她們的夫婿會強迫她們把尿尿在他們的身上。假如有女人不懂得小解之道，他們會把她們送去日內瓦，因為在日內瓦有幾間路邊休息站，她們可以在那裡學會公開或在他人的陪同之下，落落大方地小解，同時也可以學會收縮屁股眼的小技巧。」

凱伊，髒話版的「薩伊」

　　處於現今企圖擺脫各式各樣束縛的時代，我們不僅對於十八世紀所謂的文字箝制毫無概念，更無法理解那個年代裡，貼近大眾的糞便文學為之風靡的原因，更別提大部分不過是中庸之作罷了。那時的印刷量不大，

一本大約於1850年，在巴黎（躲在衣櫥的大衣囊底下）偷偷地販售的書籍。尚・菲薩斯私藏。

糞便外傳或者

上大號者專用手冊

錦囊妙計

～～～～～

狗屎市

水肥清潔公司出版

十六世紀的戀尿癖。版畫，無名氏。

書籍的行銷必須透過書商，但文學的種類卻無窮無盡。

伏爾泰所著的打油詩文集「薩伊」（*Zaïre*）中，其中有一部名為：「凱伊，德維塞何先生編寫的五幕滑稽韻文劇」（*Caquire, parodie en cinq actes et en vers par M. De Vessaire*，最後的版本裡出現大量的粗話，由阿瓦隆市〔Avalon〕的希歐〔Chio〕印刷廠印製，勒法荷〔Le foireux〕出版社負責發行）。

故事發生在蘇丹宮殿的後宮，位處艾托尼（Etronie）的首都，某條名叫克羅汀那（Crotine）的死胡同裡。此外，故事裡的人物都冠以含沙射影的名字。例如裡頭可以看到「曲曲曼（Cucumane），穿著土耳其服裝，頭上包的頭巾看起來十足像是錫製洞椅的桶子；普普坦（Puputan）以及法里尼（Foirine），兩者穿著連身的長衫，後者的衣服上有如糞便顏色的圓點；凱伊（Caquire），穿著蘇丹式的長袍，脖子上的項鍊有個形似夜壺把柄的墜子；奈里弗朗（Nériflant）的後背，揹了一只裝滿灰紙當做背包的夜壺；麥狄永（Merdillon）的衣著是海豚糞便的顏色（caca dauphin[7]），上衣有一截沒紮進褲裡，還沾了一些巧克力在衣服上；克羅德曼（Crotemain）因為腋下的贅肉夾著洞椅，擠出一團的贅肉；麥德多（Merdedor）穿著工作服，飾清理糞便的工人；還有一組捕役……」出場的人物如上所述，故事就此展開：

你別放假消息讓我驚慌，
咕哩嘶（Culis）不會來干擾我們如廁，
他的子民才懶得看，因為在此氣候之下，
熊熊的太陽曬乾了他們的糞便。

我才不怕希歐（Chio）、不怕古巴，也不怕弗瓦洪斯（Foirance），
他們愈往低處走，我的力量就愈強。
我要拿夜壺將他們領到他們的國王面前，
我要顧里斯尊敬我，相信我的忠誠。

---

[7]當時流行的一種說法，逐字譯為「笨皇儲」顏色。

　　產生靈感寫下這首詩的作者是古代里昂（Lyon）貨幣局參贊鞏博樂（M. de Combles）先生，當時與他相提並論的作家尚有其人。例如瑪格麗特·德·盧貝（Marguerite de Lubet），她是巴黎國會議長之女，她的著作「柯羅傑紅王子與華海特公主的秘密故事」（L'Histoire secrète du Prince Croquéron et de la Princesse Foirette）曾多次再版。再如夏何勒·哈葛·葛洪瓦勒（Charles Racot de Grandval）也有相同的創作方式，以著名的「屁漿」（SIROP-AU-CUL，1745年）一砲而紅，書中描述麥何董那（Merdenchine）國王的故事，他同時也是艾特洛妮（Etronine）的情人。此外，市井巷弄間也流傳著各種歌曲，大都與排泄物有關。

皇家糞便

　　以諷刺作品及情色詩文見長的作家亞雷希斯·畢洪，他以「普里阿波頌歌」（Ode à Priape）一文，讓當時的國王收回成命，不拿掉他的法蘭西國家院士的頭銜，之後他還寫了一首名為「皇家糞便」（L'Etron royal）的長詩獻給當時的法國國王路易十五，以下節錄其中幾段：

十九世紀曾經出現一種專門販售糞便文學的書市，賣的全是千篇一律的笑話，但是效果頗佳，從這些受歡迎的小廣告中不難看出其成效。

＊杜姆蘭曾經是法國國王的御醫，拉·佩荷尼尼則是國王的外科大夫。

看這是什麼哪！天哪！是糞便呀！
這本質令人讚頌！
如香腸般的粗大，
放在餐桌上多賞心悅目啊。

這就是最偉大的國王的功績，
它的氣味、它的滋味令人聯想到王位[8]，
沒有一個達官貴人的肛門可茲比擬，
它毋須產婆[9]也可以自行產出。

我們恩寵的工具，
就是糞便，法國最美味的東西。
我真願大口地啃咬你，
如果我對你有這樣的權力的話。
但我看見國王的御醫杜姆蘭（Dumoulin），
多嫉妒地看著你。
天哪！你的身上竟然有牙齒，
原來連拉・佩荷尼*（Peyronnie）外科御大夫都沒轍。

---

[8]Trône同音異義的另一個含意為「國王的寶座」。此處乃有影射之意。
[9]此處產婆原文為matrône與「我的國王」諧音。此乃文字遊戲。

風度翩翩的音樂家沃夫崗・阿瑪迪斯・莫札特經常在大怒大喜之際，公然地大罵三字經和口出穢言。

小夜曲

最極致、典型和令人驚愕的例子就是：風度翩翩優雅的音樂家沃夫崗・阿瑪迪斯・莫札特（Wolfgang Amadeus Mozart），他集高貴與無限

「老兄，我想我尿褲子了！我也是！」版畫，無名氏〈十九世紀〉。卡納瓦雷博物館收藏。

的恩寵於一身，卻常常在人怒大喜之際，公開地大罵三字經和口吐屁話。他在給親人、姐妹以及父母寫信時，字裡行間不乏摻雜髒話，以增抑揚頓挫之效。當他陷入口出穢言的歇斯底里時，總是毫不遲疑給親近的人寫信，例如1777年11月5日，他從曼海姆（Mannheim[10]）寫信給他最喜愛的表妹瑪麗亞‧安娜‧黛克拉‧莫札特（Maria Anna Thekla Mozart），莫札特都親暱地喊她為「我親愛的小表妹」（chère petite couline lapine）。

「（…）妳暗示，妳想說，妳表示，妳直說，妳對我說，妳告訴我這個消息，妳明確的示意，妳要求，妳覬覦，妳希望，妳想要，妳但願，妳堅持，我能寄給妳一張我的相片。既然如此的話，我當然會寄給妳。是的，我真的保證（Oui, par ma la foi），我會尿在妳的鼻子上，一直流至妳的下巴（…）我祝妳有個好夢，祝妳上床放個響屁；祝妳一夜安眠，我也要上床歇一會兒。明天我們理智點再說，我有一籮筐的事對妳說，妳無法想像，但明天妳就會聽見我親口對妳說。聽到我說之前，妳要保重。啊！我的屁股猶如火燒！這意味著什麼呢？——也許有便便要出來了？——是的，是呀，就是妳便便，我曉得妳的，我看過妳的，我感覺到妳的。——那麼——那是什麼？——怎麼可能！——我的老天！——是耳朵，妳沒搞錯吧？——沒有，的確是的。——這聲音，淒美又悠長」……

---

[10]德國卡爾斯魯厄區的商業、製造業中心和河港城市。位於法蘭克福西南七十公里萊茵河右岸，為歐洲最大的內陸港口。

繼「私密」文學創作之後，幾天之後（11月13日），莫札特又寫了一封信：「我喜歡曼海姆這地方嗎？——沒有我親愛小表妹的地方，我怎麼會開心。抱歉我的字跡潦草，我的筆已經太老舊，說起來，我的確在過去二十二年都從同一個尿孔裡排泄，而那個出口還沒扯爛呢！——可是，卻常常一洩千里——而且啃咬我的屁話。

此外，我想妳應該都收到了我的信了（…）。我想我應該在這裡停筆，因為我還沒穿好衣服，而且我們應該馬上要吃飯，預備下一次的宣洩」……

於是此後，開始有人旁徵博引這位音樂奇才的文獻資料，進而診斷出莫札特患有妥瑞症（Tourette）。此症狀也可以解釋為生理動作不協調，伴隨著出現模仿語、穢語、面部抽搐以及傾吐所有腦中與尿、糞、屁以及屁眼有關語彙的致命傾向。英國期刊「英國醫學日誌」（*British*

Medical Journal）曾刊出一篇精細的論文，研究這位音樂家當時很有名的書信內容，將其中有關糞便的詞彙一一拆解成更精準的單位。

語言的壓抑，糞便的發洩

　　十八世紀對於「不潔淨」加以容忍的宗教精神，發揮得很徹底，成為社會上各階層看笑話的素材。之後，總是有相同的情形產生，但反應卻是天差地別。十九世紀在腼腆民風和崇尚潔淨的風氣之下，加之下水道系統的建立者——侯杰─亨利・傑洪（Roger-Henri Guerrand）稱之為「大掃除」（Grand Reserrement）的時代來臨，那是布爾喬亞（資產階層）下令的「大掃除」。那些輕鬆愉快的方便處所，在那個時代變得既舒適又衛生，但是卻失去了溫情與人性。從前大夥同樂的愉悅，被這個時代詮釋為混亂——所以，一切都要隔音、整齊並且殺菌消毒。這個處所失去了原有名稱和舊時說法的意義。於是，最後利用兩個縮寫的英文字母，來指稱這個地方：WC。

　　究其原因，「大掃除」一詞意指文字上的掃除，去除原本一些咬文嚼字的音節。從此，正如拉伯雷所言，把上廁所直接說成「灑尿」或者「大便」。所有從古至今，形容上廁所的字詞瞬間消失無蹤，僅留下最原始的小孩用語，而且幾乎成為一千零一種的正式說法。甚至連當時在文學裡形容顏色使用的鵝糞色（merde d'oie）一詞，後來也都改以鵝便便（caca d'oie）取而代之。

　　值此同時，語言及道德也跟著文雅起來，腼腆之風無所不在。已然過時的糞便（étron）一詞，重新舊瓶裝新酒，化身為引人發笑的小丑。穢語癖的現象再度出現在法國香頌、文學以及報章雜誌上。

　　四行詩社（Le Club des Quatrains）於第一次大戰開打的前夕，集合了復仇的歌曲集，針對幾名冤大頭（文學家或政客），以猛烈的四行詩猛烈攻擊。昂里・波爾多（Heny Bordeaux）即是他們炮轟的目標之一：

　　　別說昂里・波爾多在創作時，

視覺立體圖像喜劇。1880年左右，出現了《一系列》類似的圖片，而且公開販售。尚・菲薩斯私藏。

大便失禁。

用詞客氣點，以便隱藏你的尷尬：

這個波爾多垂垂老矣。他放開了。

便便明信片

　　二十世紀初期直至1925年，明信片掀起了一股前所未有的風潮。無論是什麼事件（歡樂的或悲傷的），無論是哪種人物（優雅的或嚴肅的），也無論在哪一條馬路（市井巷弄或是巴黎大道），各個視野都是偉大的攝影師取景的目標。

　　明信片也因此成為那個時期不可或缺的時代象徵。當時蒐集明信片的風潮正如今日大家又開始流行收藏明信片一樣。那時熱中蒐集明信片的同好者在同好之間彼此尋找各種理由寄發明信片，那時的明信片專輯至今仍為愛好者競相收藏的珍品。

　　與其說便便圖像的明信片被視為幽默、諷刺甚或情色的物品，還不如說它們是音樂會的絕佳宣傳品，這樣的說法前所未有：例如眾所周知屁多曼先生（Pétomane）（以及所有受他《激發》的對手）引起廣大的迴響，他創下所有成功的紀錄——連法國當紅戲劇女伶莎拉‧貝恩哈德特[11]都望之莫及。

[11]法國當時最紅的戲劇女伶。

　　今日的便便明信片受到明信片收藏市場的歡迎。此類型的明信片被歸類為「綺夢幻想」的物品，而且是所有的明信片當中價格最昂貴的（從50到100法朗，約6,25至12,5歐元）。但是，市面上很難發現這種明信片的踪跡，即使攝影家或畫家創作的平庸之作，亦難搜尋。特別值得注意的是便便明信片在當時並沒有使用封套，直接在各大郵局之間傳送。反正，寄信人不覺得失禮，收信人也沒有任何顧忌。

亞里，荒誕玄學派與如廁三部曲

正如告別古典主義的「艾那里之戰」，「烏布王之戰」宣告揮別浪漫主義，「狗屁」一詞正是引起紛爭的論點。

阿勒弗海德‧亞里[12]（Alfred Jarry，1873-1907）超現實主義的先驅，荒誕玄學（Pataphysique）的創始人，在創作中大量運用了如廁三部曲的內容。例

佛洛依德醫生對噓噓、嗯嗯、屁屁有自己獨特親密的見解，他所提出的最有名的理論或許就和這三者有關。

如，他的創作「烏布王」（*Ubu Roi*）中的第一句台詞就是「狗屁」（Merdre），而烏布王的肚子形狀就像顆糞便。

荒誕劇自始就是吵吵鬧鬧。正如告別古典主義的艾那里之戰[13]（Hernani），烏布王之戰宣告揮別浪漫主義，「狗屁」一詞正是引發爭論的焦點。吉勒・何那（Jules Renard）是首先發難的作家，他以「芒葛合」（*Mangre*）一文反駁「烏布王」的「狗屁」說法。

不過這也是亞里所樂見的：成為眾人爭論的中心。喬治・雷蒙（George Raymond）是最早於1896年12月詳述該事件始末的人。他說：「某次在一片混亂之中，杰米耶―烏布（Gémier-Ubu）爬過來，喊著這個『字』。這個字被車輪承載著，被聲音巨大的翅膀背負著，在室內猶如蝙蝠般翔翔。最後直逼視線而來，全場只剩下一片寂靜，最後響起震耳欲聾的掌聲，全體一致歡心鼓掌。」

這齣戲接下來的情節時而沉寂時而猛烈。最後，「杰米耶―烏布國王，極其威嚴，最後一次，爬過來，抬起威儀高貴的臉，臉上戴著三角梨形的面具，那面具正好擋住了他的鼻子。這一次，他以鼓鳴雷擊似的高亢語調，以幾近赫克力士進入奧吉亞（Augias）時的蠻橫口吻唸起對白。他凝聚氣勢，放聲說：『狗…屁…！』然後，他取下面具，大聲宣布：『剛剛我們所表演的戲碼是阿勒弗海德・亞里的作品！』之後幕落，不再升起。」

---

[12]法國作家。生於拉伐勒（Laval），就學於漢那（Rennes）。他的諷刺劇「烏布王」（Ubu Roi）初稿寫於15歲時，後經改寫，於1896年上演。他以超現實主義手法寫短篇小說、詩歌、劇本，創造出一種荒誕邏輯。晚年酗酒，卒於巴黎。

[13]發生於1830年，古典主義與浪漫主義分野的重要年代。

在「鎖鍊下的烏布」（*Ubu enchaîné*）裡，觀眾可以發現「你知道的小秘密」，也可以在「偷腥的烏布」（*Ubu cocu*）裡發掘一個「無數狗屁的秘密」。普希烏（Priou）在「歐乃希姆」或「普希烏的折磨」（*Onésime ou les Tribulations de Priou*）裡就不再繞著秘密的圈子，直接唱道：

榆樹下，有人說

打死狗屎，打死狗屎

榆樹下，有人說

打死狗屎，拿榔頭打死狗屎。

　　這讓補鞋匠馬修・布韓格尼（Mathieu Bringuenille）十分錯愕，因為普希烏剛剛才把皮鞋買回家。普希烏希望他的皮鞋是「奇妙、啵亮、效果驚人」，補鞋匠回應道：「這位先生，真是太好了！我有殺狗屎的妙方。各種各類的都有。這是針對老式的狗屎。這是針對牛大便。另外，這是專門處理一般的大便。還有這是特別對付警犬的大便。」於是普希烏選擇最後那種專門對付「警犬大便」的方法。

　　亞里的私生活也深深受自己對穢語愛好的影響，應用範圍十分廣泛。諸如他的書信即為一例。他寫的無數文章中，即使無關戲劇，也都明確驗證了他有此特殊癖好。

　　不久之後，他所屬的荒誕玄學派創造了「荒誕玄學年」，創於1976年5月（Merdre，狗屁月）25日，我們可以在他們的年曆上發現很多有關便便的文字遊戲。他們對該年下了以下的註解：「狗屁月（以前的5月），我們格外莊重的慶祝荒誕玄學派做為我們的生存哲學，此學說涵蓋了天地萬物的一切（…）。從『偷腥的烏布』裡所有與茅坑有關的情節，到『銅蛇[14]』（水肥車）裡的所有情節，應有盡有。」

---

[14]典故出自於摩西出埃及記的「銅蛇」，原文為Serpents d'airin。

黃色喜劇的主角假柯蕾忒和假威廉。尚・菲薩斯私藏。

「公廁的缺點」。拉佛哈特繪圖。卡納瓦雷博物館收藏。

佛洛依德的夢

　　佛洛依德醫生（Dr. Freud）對噓噓、嗯嗯、屁屁有自己獨特親密的見解，他所提出的最有名的理論或許就和這三者有關，其中最著名的詮釋就是——「糞便是性滿足的來源，從嬰兒時期就開始。」有時，他任由自己無意識地對這個主題加以想像，例如，他於著作「夢的解析」（Interpretation des rêves）裡談到：

　　「有個小山丘：上面有東西，像是露天的公廁，有個很長的板凳，尾端有個洞。洞的四周覆滿了一堆堆的穢物，也可以說是滿大一坨，而且好像剛剛才出現。板凳的後頭有一草叢。我灑尿在板凳上：長長一道，把一切都清除乾淨，所有的穢物被沖到洞裡頭去。最後，好像還有什麼留在那裡。

　　「為什麼做這個夢的時候，我竟不覺得噁心呢？

　　「根據分析的結果，這是因為最愉悅和最滿足的想法同時產生。分析時，我馬上聯想到赫克力士所清理的那個奧吉亞馬廄（écuries d'Augias）。我就是那位赫克力士。小山丘和草叢就在奧塞（Aussee），我的孩子目前住在那裡。我發現了嬰兒精神官能症的源頭，同時我發現自己原來也保留了孩童時期的一些精神官能症。長板凳（當然那個洞不算在內）是某件家具的忠實翻版，是我的一位女病人，為了感謝我所贈送的一件禮物，這件禮物讓我聯想到和病患們在一起時的快樂時光。我想連人類排泄物博物館都同意我所提出的這種令人精神振奮的解釋。其實，我也想到義大利，那裡的小城也有我夢中的情境。我所灑下的那一道清除穢物的尿液，毫無疑問的就是狂妄自大的表現。這和格列佛（Gulliver）在小人國（Lilliputiens）熄滅的那場火，以及加爾唐曲亞（Gargantua）居高臨下從聖母院報復巴黎人的情節一模一樣。因為就在做這場夢的那個夜晚，臨睡前，我翻閱了一本由賈何尼耶（Garnier）繪畫和文學家拉伯雷所撰

寫的書籍。於是，令我眼睛為之一亮的事就發生了，這樣的結果再次證明人類具有全能的力量，人類有超我的力量，那個超我就是我自己：聖母院的平台是我在巴黎時最喜歡的地方。我習慣在那裡的獸面石雕與龍形排水口之間，度過每個悠閒的午後時光。而所有的穢物可以一下子就清除的背後，其實是影射這個題詞：『誓章和消失殆盡』（Affiavit et dissipati sunt）。這是我在開始描寫『歇斯底里症』那個篇章前所寫下的題詞。」

戀尿癖與食糞癖

　　將泌尿系統與消化系統情色化，對某些人而言，是到達情欲高潮必要的過程，讓他們能夠得到所謂「奇怪的味道」或「奇特的味道」的極致感官享受，例如：戀糞癖、戀尿癖、食糞癖等……講到這裡不禁讓人聯想到最擅長描寫性變態的文學家：薩德（Sade）。他所寫過的性變態中，以食糞症的描寫居冠，並且書中的人物對此總是讚美有加，尤其是「茱麗葉」（Juliette）一書：「一般而言，人被消化系統中的殘渣的味道給騙了；這味道沒有什麼不健康，而是讓人快樂的味道。這種說法沒有什麼好驚訝，正如同人非常容易就習慣了糞便的味道；要不要也嚐一嚐啊？它可是美味極了！十足就像橄欖酸極了的香味。」

西班牙明信片〈1930〉。尚・菲薩斯私藏。

ASOMATE A ESA VENTANA
que te van a retratar,
Pero es máquina ¡modern!
¡¡No te vayas a asustar!!

　　長久以來公共便池成了掩護戀尿癖者行為異常的地方，這些「鹹溼」愛好者喜歡親近男性的尿液，或是喜歡讓衣服被陌生人的尿液沾溼。更讓人跌破眼鏡的是，某些戀糞狂喜歡蒐集愛人的糞便。蒙田就曾經描寫過薩德這位法國紳士有保留自己的糞便以示來訪者的習慣。

　　大家也都知道十七世紀有些文人雅士喜歡將糞便曬乾之後磨成粉末。例如，所有人都聽說過，法王路易十三時代，巴松皮耶（Bassompierre）元帥打開鼻煙盒，並奉上其中的煙粉給皇后的故事。此外，諸如達洛（Dulaure[15]）在其著作「巴黎市郊的自然、文明與風俗習慣的演進」（*Histoire physique, civile et morale des environs de Paris*，1825）一書中也曾經敘述過一個人物，後者的身邊總是帶著一個黃金盒子，裡面裝的不是煙，而是人的糞便。

[15]全名為Dulaure Jacques Antoine。

「嗅糞癖」

　　尚‧洛杭（Jean Lorrain）有戀糞癖嗎？這個經常和這位魔鬼作家相提並論的問題，可是讓許多「1900年代的粉絲[16]」（fous de 1900）很感興趣。戀糞癖在美好年代（La Belle Epoque[17]）是個象徵流行的產物，至少在巴黎某些地區的確如此。然而迷戀者卻都是男性……

[16]1890-1914年間，亦即第一次大戰前，即今日所稱的美麗時代。
[17]指1871-1914年，歐洲文化藝術科學高度發展的時代。

　　「龔固爾報」（*Le Journal des Goncourt*，1892年7月30日）曾敘述都德（Alphonse Daudet）在無意中吐露的一段內心話：「啊！女人啊女人，那個差點成為我生命的女人！想要女人的瘋狂以及女人對我的瘋狂，讓我瘋狂！我生命中這段激情狂熱不難理解吧！我碰過兩個女人都要求我在她們嘴裡灑尿。我無法滿足其中一位，但在另一位身上我做了，她卻吐了。」

　　其實，龔固爾兄弟（les frères Goncourt）對於噓噓、嗯嗯、屁屁也有令人質疑的癖好：他倆經常在他人面前大談此事。1880年復活節那天，愛德蒙‧德‧龔固爾（Edmond de Goncourt）如此寫道：「今天，我和都德（Daudet）、左拉（Zola）、夏龐蒂埃（Charpentier）要到福樓

色情狂保羅‧雷歐多曾經在用過的衛生紙上寫下許多煽情的文章寄給瑪麗‧多瑪。

拜（Flaubert）位於克瓦賽（Croisset）的家（…）吃晚餐及過夜。這趟搭乘快速火車的旅程中，左拉愉快的心情總是受到干擾，因為他非常擔心能否分別在巴黎、蒙特（Mantes）和維爾農（Vernon）如廁。這位小說『娜娜』（Nana）的作者下車去上小號，或者說想要上廁所的次數簡直可謂不計其數。」同樣的，喬治‧宇斯曼（Georges Huysmans）於1881年發表「結婚」（En ménage）一書時，「龔固爾報」評論道：「作者十分迷戀糞便，很喜歡在每一個扉頁裡細細鑽研糞便。我覺得這個流著荷蘭血統的比利時人，好像從奧斯丹（Ostende）的煙館裡出來，手裡拿著用來盛裝尿液與嘔吐物的容器。」此外，龔固爾兄弟對這樣的主題的支持，為他們贏得了「嗅糞癖」的稱號。

雷歐多的綺想

　　保羅‧雷歐多（Paul Léautaud，1872-1956年）是位文學隱士，其貌不揚，穿著邋遢，尖酸孤僻，儘管如此，他卻很有魅力。他在著作「特別報」（Journal particulier）中，以戲謔的手法，描述自己和瑪麗‧多瑪（Marie Dormoy）夫人，以及自己和走桃花運後所碰到的女人之間的「鹹溼」的樂趣。

　　「1933年5月16日星期三（…）我只想到和瑪麗‧多瑪之間的種種：例如和她相聚的最後那晚，吃晚餐前她對我說：『親愛的你知道嗎，我好想上廁所』，於是我們兩個人一起到浴室去，她站著，兩腿張開，從腿直到胸部全都赤裸，然後開始上小號，我的手則在她的尿泉底下，輕撫她的私處。前天晚上，我和她提過這件事，並且要求她尿在我的…。她先是表示：『我會讓你看』。後來又說：『我會做給你看』。她自己那晚也想到這件事兒。真是刺激得沒話說，昨天和今天，我只想再經歷一次如此美麗的把戲。」

　　「特別報」一書的結尾，都是諸如此類的細節描寫。同樣的，他也提到另一次成功的經驗：「她變得主動一點兒了嗎？我覺得好像是。總之，有一點啦。因為我要到浴室去小解，她跟在我後頭：『你說，要不要我幫你提著那話兒？』事實上她真的幫我提著那話兒。」

　　他還寫道：「我去小解。她責怪我沒叫她去提著我的那話兒。她說，她非常喜歡這麼做。還說，她一直都很喜歡這樣，讓別人看她上廁所，還有男人小解時，幫對方提著那話兒。」

摘自流傳的荒誕玄學月曆。

右圖：視覺遊戲（1930）：只要把這張卡片對著鏡子，便可一目了然。尚‧菲薩斯私藏。

　　但這個色情狂書寫的全貌裡，就只有「灑尿」這檔事兒。保羅·雷歐多也曾經寄給瑪麗·多瑪很多煽情的便箋，寫在用過的衛生紙上面。顯然，他的這種奇怪的癖好——如果我沒有搞錯的話——並沒有留下任何線索。

塞利納與「愉快的便便共產主義」

　　神聖的塞利納（Céline）什麼都不在乎，甚至連神聖這檔事也一樣。「耶穌基督是否在人前上廁所呢？我想如果祂必須公開上大號的話，他大概無法持續很久。」他在「茫茫黑夜漫遊」（Voyage au bout de la nuit，1932）一書中提出這個問題。假如說塞利納對如廁這種主題感興趣的話，文學史上早就已不乏先例（例如，有人稱文學大師左拉對這方面主題的書寫為「偉大的便便」，或是雨果在這方面則是向來用字大膽、毫不畏懼、一針見血），其中墨東（Meudon）醫生更是超越群雄，獨領

花街女子尿灑男性木偶的諷刺畫〈十九世紀〉。

風騷。

「我的長椅右側不偏不倚地正對著一個開口，很大的一個開口，和人行道邊的地鐵入口一樣大。我覺得這個開口做得很好，入口內有座玫瑰色大理石的樓梯。我之前就看過很多行人走到那裡就消失了，然後又從那裡走出來。他們就在這個地底下解決他們的大小便問題。我一下子愣住了。那裡面有一間同樣以大理石建造的房間，也是人進人出。那是一個類似游泳池的池子，但是裡頭的水完全被抽乾了，一個發出惡臭的游泳池，只有些許的日光灑落在上面，彷如一攤死水。盡頭處，可以看見男人忙著解開褲釦，站在臭氣沖天的池子邊，他們的臉紅通通的，在眾人面前拉出那勞什子，同時發出不雅的聲音。

「男人之間，就是這樣，毫不做作，在旁人的笑鬧聲下，彷彿觀看足球般，彼此相互吆喝。大家先拉起上衣，然後辦事兒，認真地如進行角力賽。最後，再整理服裝，整個儀式就算大功告成。

「也有人衣冠不整，邊尿邊打嗝，更糟的是，踩進糞便裡，像瘋人院廣場上的瘋子般，亂揮亂舞。初來乍到的新手從大街上，走下階梯時，總得應付千百個噁心無聊的玩笑；不過，最後總是露出愉快的表情。

「原本站在大街上的男人如果愈是顯得正經八百，甚至憂傷，那麼，當大夥兒亂哄哄地一起清理完腸道，共度一段親密的快樂時光之後，這些人的表情就愈顯得輕鬆。

「這種公廁的大門總是髒兮兮的，綁著厚重的鐵鍊。有人一間換過一間，只為了能和旁人聊上一會兒，至於其他等廁所的人則是一邊吸著味濃的雪茄，一邊拍拍蹲在茅坑上埋頭苦幹的人的肩膀。後者往往堅持要一瀉到底，他們頭頸收縮，用雙掌緊緊抱住自己的頭。很多人會像傷患或產婦般大聲呻吟。便秘者則必須忍受天殺的折磨。

「當水柱噴出聲如宣告假期來臨般響起時，空出來的蜂巢四周立即喧囂不斷，往往得上演一場擲幣決定誰先上的戲碼。剛才讀完的報紙，儘管厚實得有如一個小靠枕，立即被這些奉直腸而工作的人一掃而空，搶得片甲不留。裡面煙霧迷濛，讓人看不清其他人的臉孔。因為味道實在太濃厚了，我不敢太靠近他們。

「地面上下兩種強烈的對比讓不知情的人惶恐不解。好個親密至極的放肆、好個腸肚裡肝膽相照的暢快和大街上無懈可擊的壓抑！我在那

裡只能目瞪口呆了。

「我再爬上同樣的階梯，重見天日，在同一張長椅上休息。消化系統與不拘小節同時獲得解放。這就是我所發現的愉快的便便共產主義。」

喬伊斯風格的奇妙生活

「尤里西斯」（*Ulysse*）是詹姆斯‧喬伊斯（James Joyce，1882-1941）內涵豐富的作品，也是深不可測的處女林地，在這本作品中，作者披荊斬棘，發現源源湧出的字句，並隨著字詞及擬聲詞一起遨遊飛翔。精神與生活在汗水中交織糾纏，男人和女人的皮膚分泌著顏色、氣味以及無止盡的動作。

「他的身體裡滿滿的，沉甸甸的；之後腸子輕輕的放鬆。他站起來，重新解開褲子的腰帶（…）。沉悶；又將是炎熱的一天。

「懶得移步到樓梯平台。報紙。他向來喜歡坐在那裡讀報。只希望在裡頭時，沒有哪個神經病來敲門（…）。

「他一腳踹開廁所搖搖晃晃的門。他盡力讓自己的褲子在葬禮之前不要沾到髒污。

「他在門簷下低著頭走進去。門半掩，他解開褲子的背帶，四周都是長了黑黴菌的石膏味，屋頂布滿吸附灰塵的蜘蛛網。在坐下之前，他盯著一個縫隙瞧，瞄一眼隔壁的窗戶。這位國王咚咚咚數著自己的錢幣。確認四下無人。

「他把自己擠在那個位子裡，打開報紙，攤在赤條條的大腿上開始翻閱。新鮮而流暢。什麼也不趕，逗留一下（…）。他安安靜靜的，開始閱讀，忍住，讀到第一欄時，然後又讓步又抵抗，再開始第二欄。讀到一半，不再抵抗，任由腸子放鬆，繼續閱讀，悠悠緩緩的讀。昨天些微的便秘完全瀉出。希望別太粗硬，免得引起痔瘡。不，軟硬適中，都出來了。治便秘，只需一片便秘通[18]（…）。他繼續閱讀，漸漸融入自己製造的氣味中（…）。

「他用力撕下半邊的頭條新聞，擦拭臀部。然後拉起褲子，調整褲子的背帶，扣好扣子。之後，再把七零八落、老得不聽使喚的門扉砰地關上，離開那裡的陰暗，走進陽光。陽光普照，他感到卸去重擔，全身清爽，然後小心翼翼地檢查身上穿的黑色長褲、臀部、膝蓋以及小腿。葬禮是幾點呢？」

達利在他的著作「新版私密日記」中吐露：「今早排便情形不同以往：只有兩小塊如犀牛角般的糞便。」

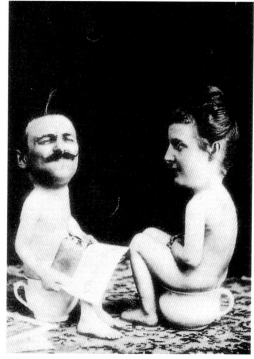

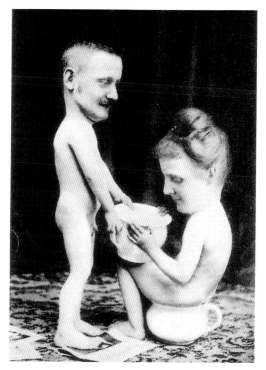

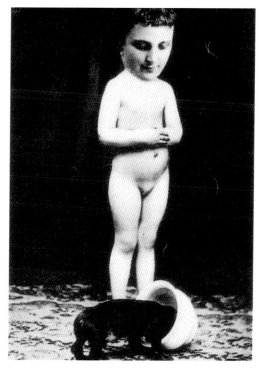

18原文為「洋鼠李皮」，乃一種腹瀉之藥。

肉餡派和賈吉歐羅斯基的汁液

糞便能夠融入藝術，做為理想的表達工具，可以創造出極度的美感，這種矛盾的邏輯一點兒也不奇怪。因為此乃它神聖本質的自然延續，是它歸向造物主的方式。

1917年超現實主義者馬歇爾‧杜象（Marcel Duchamp）在美化公廁的同時，替公廁開拓了一條嶄新大道。

達利（Salvador Dalí）另一位超現實主義的天才，動輒談到他的穢物。他在著作「新版私密日記」（Nouveau Journal intime）中吐露：「今早排便情形不同以往；只有兩小塊如犀牛角般的糞便。排便量之少令我擔憂……但是不到一個小時，我不得不再回去廁所，終於我排出了正常量的糞便。」

畫家傑哈‧賈吉歐羅斯基（Gérard Gasiorowski）歿於1986年（1995年法國龐畢度中心〔Georges-Pompidou〕為他舉辦了一場別開生面的回顧展），這位畫家能隨心所欲地運用線條，結合抽象，「戴上所有面具」，連自己都被畫進畫裡——「這位印第安人奇加（Kiga），就是作者本人的化身」。奇加扮演他自己的分身，出現在便便的系列作品中。作品出人意料的是傑哈‧賈吉歐羅斯基以真實的便便為素材，那時藝術評論家非常的激動，吶喊著晦澀的語言，揮舞著褒揚的掃把，展開情感上的追逐。

我們攀上頂峰，其中有人寫道：「她化身為贖罪的祭品，將自己的便便捏製成圓麵糰，再加入香草燴煮。結果，這些可憎的排泄物，經過烹煮而變硬，毫無欣賞價值。她的臭味驅散了好奇者和有潛力的買家（…）。創造便便肉餡派的做法粉碎了從香味與觸摸為優勢的觀點（…）。糞便瞅著痛苦，因為糞便裡只看見不潔、難以描述的形式以及禁忌。然而奇加揉起自己的糞便麵糰，尋找到許多極寫實主義19的藝術作品所探求的本質。這種前所未聞的新發現將努力從自己的廢物篩濾渣滓，蒸餾出一種淺棕色的顏料，繪出一系列的作品，並給了個恰如其分的名稱：汁液。以手為畫或藉助基本工具，新寫實主義者在這段閉關時期，再次聲明尋求證據的必要（…）。當然奇加排便、放屁，但她從未設定要超越的目標，從未許諾什麼（…）。她以自己的貧乏，豐富了屬於她的小天地。排便甚至

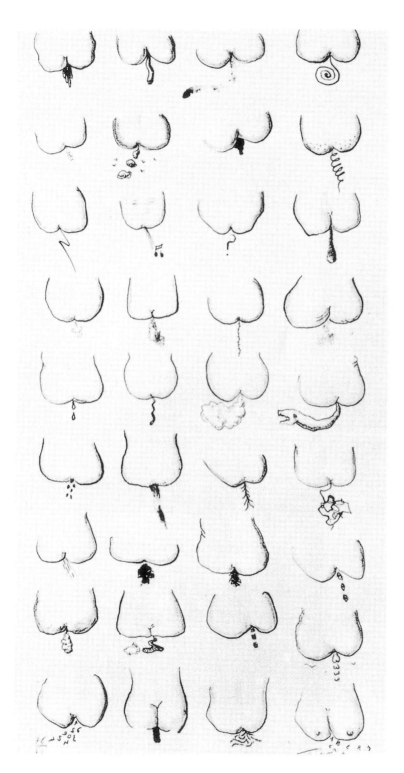

羅蘭·托珀的作品。

在粗鄙的行為中還是最腼腆的行為，奠定了開山祖師的地位，從無盡奉獻的最深處，開拓出更多的應用領域（…）。」

---

[19]hyperr　alistes，亦有人譯為高度寫實主義，新寫實主義。

被女神視為聖物

　　葛蘭‧密索提（Glenn Misltead），出生於美國的巴的摩爾（Baltimore），七○年代初期以筆名女神（Divine）成為美國地下（underground）電影界裡最滑稽的反串人物。他認為自己會成功首先應歸因於自己的外形（他的體重絕對超過一百公斤），再者，粗俗豔麗的酒家女裝扮，最後，他尤其認為自己前所未有的驚人之舉，佔了很大的因素。所以他樂得將狗屎加進由約翰‧華特斯（John Waters）所執導的影片「粉紅的弗朗明哥」（*Pink Flamingos*，1972）裡，從此他聲名大噪，成為美國社會裡一群迷惑分子的先師，他們喜好追求任何形式的誇張與暴力。

QUATRIÉME PARTIE

第四章
關於政治

前頁圖說，左圖：《康布羅納》。
魏利特為「笑聲」雜誌所繪的插
圖，1899。
右圖：拿破崙三世被說成「巴當
給，注射筒君王」。

黑錢白錢都是錢

　　古代羅馬的君士坦丁大帝（Titus Flavius Vespasianus，9-79）可說
是「萬萬稅」之父。但是他向人民徵稅並非基於自己的利益（一如他的先
皇與繼承者）：他為人極吝嗇，到了「無處不節儉」的地步，例如用餐極
簡樸，總是使用同一個盤子，同一個酒杯，而且都是祖父輩留下來的骨
董。

　　眾所周知，君士坦丁大帝連上公廁都要課稅，就是有名的「公共小
便（vespasiennes）稅」，此乃他的稅收來源之一。

　　在羅馬，上公廁可不是一件輕鬆愜意的事情：精神分析學家波爾曼
先生（Ernest Borneman）在他的「古代性學史」（Histoire de la sexu-
alité antique）中，提出了此一奇怪的病理學個案：「提貝皇帝（Tibère）
得了肛門強迫症，他害怕自己是由糞便形成的，也害怕別人如此看待他。
基於此原因，他向所有的羅馬人下令，禁止任何人攜帶刻上皇帝肖像的戒
指或金飾進入公廁。自此，羅馬人要進入公廁之前，必須『卸下』所有與

在瓦勒密戰役（1792年9月20日）
中，多虧那些《拉肚子的普魯士軍
隊》，終於讓迪穆里埃將軍和克勒
曼將軍得以聯手反擊。當時公爵所
指揮的法國軍隊深受痢疾之苦，在
戰場上毫無戰力可言。

皇帝肖像有關的東西。」

悲劇的命運

　　艾里歐卡拔皇帝（Héliogabale）統治羅馬帝國時，根據朗普里（Lampride）的描述，「這位奇特人物使用的如廁器物是金製的便盆與亞寶石及縞瑪瑙製的尿瓶」，結果，出人意料，他的下場卻很悽慘。眾朝臣嫉妒他，雖然不至於醞釀成反對勢力，但是朝廷中有人企圖謀殺皇帝。最後，真正謀反的竟然是皇帝身邊的禁衛軍，他們將皇帝圍困在宮中，皇帝被迫躲進廁所，禁軍追至廁所，並加以殺害，還踐踏其屍體。禁軍砍下皇帝的頭顱，還進一步羞辱他，試著將屍體丟進一個小臭水溝。但是因為塞不下，乾脆丟到帝伯河（Tibre[1]）裡頭去。

---

[1] 流經羅馬城的一條小河，至奧斯帝（Osite）港口出海，匯入第勒尼安海（la mer Tyrrhénéenne）。

　　根據葛里菲俄斯[2]（Gryphius）（十七世紀）所寫的一本奇怪的著作「廁所死亡事件及謀殺」（In latrinis mortui et occisi）中的記載，偉大的異教徒阿里烏（Arius[3]）和他的對手雷昂（Léon）神父，也同樣在廁所裡喪命。

　　法國拿伐爾（Navarre）封地的國王安端·

德‧波旁（Antoine de Bourbon）出生於1518年。與其說他的名聲來自於開疆拓土的政績，倒不如說他沾了自己的兒子法王亨利四世（Henri IV[4]）的光。這位驍勇的君主不乏滿腔的勇氣，卻慘死於1562年，此時正值盧昂（Rouen）執政期間。他遭到火槍彈射擊的時候，正陶醉於最基本的如廁需求。史學家們毫不留情地替他寫出以下的墓誌銘：

> 葬於斯之王者，法國之友是也，
>
> 可惜生前不得榮耀，氣絕時正在如廁也。

1589年8月1日星期三，一段悲慘陰鬱的史實再次籠罩法國王朝：不按牌理出牌的亨利三世（Henri III）始料未及地遭到教士賈各‧克萊蒙（Jacques Clément）的暗殺。

根據皮耶‧德‧艾斯多勒（Pierre de l'Estoile）及蕭維何尼（Cheverny）在「回憶錄」（*Mémoires*）一書中的記載，這名狂熱分子以比首刺殺安朱公爵（Anjour），也就是亨利三世時，後者正坐在洞椅上。

身為瓦盧瓦王朝（Valois）末代皇帝的亨利三世，並非唯一遭人暗算的君主。蘇格蘭賈克一世（Jacques Ier d'Ecosse）在伯斯（Perth[5]）的一座黑衣修士會（Black Friars）的修道院廁所裡，遭人刺殺身亡，時為1437年。

---

[2]1616-1664年，德國詩人暨劇作家，被認為是德國巴洛克文學的主要代表之一。

[3]阿里烏主義的創始人。後成為亞歷山卓基督教會長老，約在319年宣稱，在三位一體

的教義中聖子不能與聖父同等或同樣永恆,而只是所有有限之物中的最初者和最高
者,是由上帝的自由意志行為從無物中創造出來的。於321年被亞歷山卓的主教會議
免職和逐出教門,此後發生激烈的爭論。

4法國波旁王朝(Bourbon)的第一位Navarre的國王。

5位於現今愛丁堡以北50公里泰河畔。

第谷‧布拉赫6(Tycho Brahé,1546-1601年)是個天才型的天文學
家,先後受到弗德烈克二世(Frédéric II)以及侯多勒夫二世(Rodolphe
II)的資助,後者於1599年供給他一座位於布拉格(Prague)的庇護所以
及豐厚的年金,他的際遇讓他出手闊綽,可惜好運並未持續很久:他死於

紅番仔澆息了暴君的最後惡行。反
對拿破崙的諷刺漫畫〈1815〉,無
名氏。卡納瓦雷博物館收藏。

La V____ prussienne et son
KOLOSSAL = obusier = 420

明信片，1914。尚・菲薩斯私藏。

1601年，在一次陪同他的資助人旅行途中，因為憋尿太久，不敢表示內急而種下致死之因。有人替他寫了以下的墓誌銘：

> 葬於斯者，原居於科學之顛，
> 繁文縟節下的受害者。
> 他的一生一句話可以蓋棺論定：
> 生如先知，死如蠢蛋。

[6]丹麥天文學家，1573年發現星曆表的一系列錯誤，並著手根據以前所未有的精度觀測到的恆星與行星位置數據來校正這些錯誤。他雖然排斥哥白尼理論，但刻卜勒（Kepler）卻利用第谷的數據證明了哥白尼的模型，實際上是正確的。

離我們更近一點兒的例子，例如里塞維（Reemcewicz）在「回憶錄」（*Mémoires*）中描寫過俄羅斯的凱薩琳二世坐在自己的洞椅上猝死前所發生的一段悲喜劇：「我們發現她在那兒，史學家說，她全身浮腫、口吐白沫、面目可憎、呼吸困難、不能言語、失去意識；只有腹部上上下下地起伏，但仍活著……這段章節裡凱薩琳如此難看的死相，正好是研究偉大人物脆弱面的最佳史料，同時也顯現出凱薩琳身邊奉承者的卑劣。」

賽內卡（Sénèque）在「化身為南瓜的克羅德皇帝」（*La Métamorphose en citrouille de l'empereur Claude*）一書中將農神節描寫得唯妙唯肖。書中那位倒楣的皇帝嚥下最後一口氣的時候，正在滿足他的生理需求──如廁是也。

戴高樂將軍──無可置疑，他很清楚法國歷史──在波蒂・克拉瑪（Petit-Clamart）暗殺事件後，說了這句話：「唉，總比死在廁所裡好……」

皇家噓噓

「軼事百科全書」述及某位菲歐里里（Fiurilli），他乃是古代義大利歌劇的喜劇演員之一，專門飾演虛張聲勢的丑角。他在路易十三執政時來到法國，當時的皇后看到他擠眉弄眼的表演，每每樂不可支。

有天，他和皇后來到皇太子（未來的路易十四）的寢宮，太子當時只有兩歲，脾氣很壞，動不動就哭喊。這位丑角對皇后說：「若皇后陛下允准我將皇子抱在懷中，小的定能將他安撫。」皇后答應了。他表演了最令人發噱的各種鬼臉。他的表演讓皇子噗嗤一笑，冷不防地在他的雙手和他的衣服上，解決了基本的生理需求。

從這一天起，菲歐里里得到皇后諭令，每日必須進宮逗小皇子開心。

普魯士的士兵吃下發霉的麵包，喝下混濁的汙水，隨手採摘青澀的葡萄。總之，他們都生了病，而且病得很嚴重。

普魯士士兵的腹瀉，救了法國大革命

「便秘的英國人」〈1838〉。卡納瓦雷博物館收藏。

　　1792年9月19日瓦勒密（Valmy）戰役的前一夜，法國軍隊的氣氛並不輕鬆。軍隊都是新徵召的募兵，這些士兵乃是響應馬賽曲（Marseillaise）慣而起義，非職業軍人的他們一點也不習慣敵軍砲聲隆隆的砲兵陣仗。這群由「補鞋匠和裁縫師」所組成的烏合之眾，正如流亡貴族對他們的輕蔑與鄙夷，並不善戰，然而卻為法國帶來了奇蹟。

　　話說當時他們與布倫威克（Brunswick）公爵所指揮、約莫50,000左右的武裝士兵正面衝突。短兵交接，戰況慘烈。克勒曼（Kellermann）將軍，這位戰略奇才，重新部署士兵，幾次轉移陣地，企圖陷害普魯士軍隊於進退兩難的處境：將普魯士軍隊圍困在法國境內。

　　克勒曼將軍發揮心理學專家的特長，拚命地激勵士兵，大大地提升了軍隊的士氣。根據史學家熱心的記載，當時士兵群起以刺刀頂著帽子在空中不停的旋轉，克勒曼將軍也以軍鞘甩動他的軍帽。當時將軍下令砲兵全數出擊，進行反攻。這時，布倫威克的陣營保持早上的攻擊狀態，準備開始第二次動員，但他手下的士兵其實已經無力再戰。而且出乎意料的，有另一個敵人已經悄悄地滲入軍隊很久了：痢疾。

　　因為接連幾天陰雨綿綿，普魯士的士兵身體淋得凍僵麻木，吃的是發霉的麵包，喝的是混濁不清的汙水，隨手採的又都是青黃不接的葡萄。簡言之，這些士兵都生病了，而且病得很嚴重。事實上，他們總共約50,000人左右，但僅有15,000人能夠真正上場打仗，人數雖然比法國軍隊多一些，但是軍隊的士氣早已一落千丈，無法挽回。

　　布倫威克公爵眼看彈盡糧絕，士氣渙散，形勢積重難返，最後遂率軍投靠法國將軍迪穆里埃（Dumouriez[7]）。痢疾的威脅多少促使了布倫威克臨陣倒戈的決定。時事漫畫家對此事件，大書特書。想當然耳，因愛國情懷使然，沒有人願意承認敵軍能夠兵敗如山倒，實乃病情所致：若說有很多普魯士士兵都拉肚子「拉到軍褲裡了」，當然是因為英勇的法國軍嚇得他們屁滾尿流。

　　　　　　　　　　　　　　　　　　　　　　　　
[7]法國將軍和十八世紀末資產階級革命時期的政治活動家，吉隆德黨人，1792-1793年為北部革命軍隊指揮官，1793年3月背叛法蘭西共和國。

《瞧不起一個人的時候，我們會罵他：去拉屎吧！但是，真心祝福他人時，我們不也這麼說嗎？》〈強納生・斯威夫特〉

糞便式的針砭批評

　　對糞便的癖好似乎是人類與生俱來的天性。除了那些刻意自制或故意避而不談的

人，每每提到糞便，大部分的人總是不自主地發笑，箇中原因實難解釋。有人回溯到遙遠模糊的孩童時代尋找答案。認為此乃所謂「肛門期」所致，對那個石破天驚的時代，這種說法猶如把古人的襯褲，當做裹屍布穿戴。

　　然而，如今我們隱約仍可辨認該氣味所留下的痕跡。時而，伸入地底，時而，攤在陽光下，就像大都會裡的大眾運輸系統，其中某些站總比別的站來得富麗堂皇。以前，每當自由言論與政治話題相互結合時，糞便式的諷刺就成了兩者之間專屬的直達車。這效應雖然連結得容易，卻是顛撲不破的牢固。攻擊往往奏效，尤其攻擊腰帶以下的部分，最能讓敵手痛不欲生。如果恰巧再扯進言論審查制度，那麼，攻擊的力道更被強化幾十倍。若說糞便在政治的版圖上摻進一腳，實乃每個時代皆然，其中攻勢最凌厲、最銳不可當的，應屬法國大革命時代。當時攻擊的一方舉起「打倒帝國」的旗幟，氣勢如虹，勢如破竹，天搖地動，風聲鶴唳，猶如群情激憤的民眾。尤其，粗話式的詬譙表達更是能夠得到民眾的理解與欣賞。

　　此外，還有另一因素不容忽視：插畫家從來不惋惜把大人物放到常人的角度來審視，一般人都認為這些大人物從未遭受過小人物的痛苦，這種方式的攻擊和報復，湊巧是小人物所欣賞的。

　　第二帝國時代（Seconde Empire）再度喚起漫畫家的狂熱。拿破崙三世（Napoléon III）落人口實的荒淫與放蕩，以及許多證據確鑿的事實，使他遭到人民的鄙棄，也激發那個時代的時事觀察家的譏諷和批評，湊巧的是，此現象與拿破崙當時對國王路易十八的嘲諷，竟有著異曲同工

AVANT LA RETRAITE — L'État Major allemand tient conseil.
n° 8 - 9 - 1914

愛國明信片。尚‧菲薩斯私藏。

對著中產階級的惡魔們灑尿的尿尿小童〈戴軍人小紅帽者〉。庫普卡為奶油小碟子所繪的圖案，1902。尚‧菲薩斯私藏。

的幽默和揶揄。

當時批評之風更形尖銳，漫畫的數量也不遑多讓，常可見到如皇帝坐「馬桶[8]」或其他類似的嘲諷圖畫。那時的言論自由有如安全閥，言論猶如具有無上的力量。

批評的文章也沒缺席。社會理論學家皮耶‧喬瑟夫‧普魯東（Pierre Joseph Proudhon，1809-1865年）對當時被戲稱為「巴當給」（Badinguet[9]）的拿破崙三世十分惱恨，所以在著作「札記」（Carnets）中把拿破崙三世描寫得一文不名，例如他在其他著作中說：「有人堅稱，路易拿破崙對女色或諸如此類的事情荒淫無度，所以他早已疲累得進入永久性的鬆弛狀態，他的內褲總是沾染糞便，同時，在他的情色幻想中，最骯髒的糞便正可以做為他縱情聲色的香水。」

厄鎮的鎮長

布海斯勒（Bresle）沿岸賽納河海岸區（canton de la Seine-Maritime）的首府厄鎮（Eu）擁有八千多名的居民，這座小小的城鎮聲名遠播，究其原因，第一任鎮長的影響顯然高過該地的古老天主教哥德式建築，或者紀斯（Guise）以及奧爾良（十六、十七以及十八世紀）公爵的城堡。厄鎮的明信片多半也都是「市集[10]」的照片，多過於「街道巷弄」的畫面。

---

[8]法文為trône，王位的意思，此乃雙關語，意指「馬桶」。

[9]拿破崙三世的政治對手給他的綽號，Badinguet是一名工人名，乃拿破崙三世1846年逃亡時，拿他身上的衣服來穿做偽裝。

[10]雙關語，另一意指「拉肚子的地方」。

關於這位可憐的鎮長，歌謠中曾有許多諷刺的描寫，被傳唱的次數超過千百次，但真正頭一人描寫鎮長的歌詞卻是出自瓦圖（Vatout），這位詩人同時也是「皇帝的住所」（Résidences royales）一曲的創作者，亦為法王路易菲力普之友。

話說，受封於奧爾良的公爵都喜愛厄鎮的城堡，常至此度假。某晚，瓦圖受邀前來城堡，晚宴結束時還吟詠了一首小小的創作曲，名為「地方小唱」（Chansonnelle faite sur les lieux，採用「鰻魚，少女」〔Les Anguilles, les Jeunes Filles〕的調子）：

LE MANNEKEN-PIS
Il en verra bien d'autres.

說抱負，太傻，
總讓人汲汲營營，
但紀斯的古老莊園裡面
有誰不壯志千里？
掙扎的想要⋯⋯
這美麗地方的某東西，
我小心翼翼擦拭身為鎮長的榮譽，
大家都叫我厄鎮鎮長先生。

我不擅長放鬆自己，
我的小鎮是一處小小的角落，
我的寶座是一張小小的椅子，
有人需要時會來找我；
我的衣裝嗅不出龍涎香，
我的侍從眼裡閃動害怕的光芒，
但與我何干？一夜壺[11]
對一名厄鎮鎮長，已足夠矣，

還好從我日日勞苦的工作中，
尚有玫瑰可採擷，
我喜愛我的大臣，
更甚於國王身邊的官吏，
我無視於陰森冰冷的命令
這個可以頃刻粉碎權力的命令，
而且比大臣的命令更有權威，
我隨時都可以前往廁所。

在自己的王國裡
我怡然自得，
無憂無慮，
而且我最愛呼吸這裡的空氣；
從這裡眺望大海，感覺大海的存在
在這裡，無處不自得

「反德情懷」，1915。尚·菲薩斯私藏。
戰爭的痛苦真的很難熬，但是，德國人應該很樂吧！

　　我的生活是一束花；

　　而我也最愛當厄鎮的鎮長，

　　更甚他處的鎮長。

---

[11]影射十八世紀巴黎市郊的出租車，如此稱之乃因為不雅觀的外形。

反教權主義……尚·菲薩斯私藏。

——我想，親愛的孩子，妳一定把彌撒中的道理牢記在心了，所以，現在請妳回答我的問題。起床後應該做的第一件事情是什麼呢？

——我會先把尿桶……

——夠了，小朋友，夠了！！

戰爭的力量

　　任何政治史上，從未有哪一個民族，比得上「德國佬」（boche），能夠和糞便扯上這麼深的關係，究其目的，乃是愛國心作祟。

　　隨著時間的進展，原本單純的動機，演變成奇怪、粗俗，甚至令人莞爾的說法。「德國佬」變成了所有不道德以及身體瑕疵的總稱。

　　這個現象的發生和演變必須追溯至1870年的德法戰爭，到了第一次世界大戰前期、中期以及晚期時達到最高峰。憂心忡忡地解釋為什麼「德國佬」與糞便之間關係的奧古斯特·布朗紀（Auguste Blanqui，他於

依據1906年7月10日投票通過的周休法規而發行的摺疊式明信片。該法規受到許多商人、咖啡館和餐館業者的強烈反對。尚·菲薩斯私藏。

1870年出版了「瀕臨危機的祖國」〔La Patrie en danger〕〕，對於相關的說法，早已摸索出一條路徑。他說：「你們不知道天主已經在日耳曼人身上標記了宿命的記號嗎？他們的腸子足足比我們的長了一公尺呢！」

龔固爾兄弟也加入聲援的行列（出自1871年3月10日的「日報」〔Journal〕），他們以另一種方式詮釋：「撰寫糞便抨擊文章的作者應該以：某……先生與普魯士人為題，大膽地開創一種高貴和霸氣的文風。這些令人作嘔的戰勝者以如此眾多的研究、創作以及想像玷污了法國，他們對於糞便品味的心態真值得研究。」

再者，總是被指責為「吃相貪婪的」（因為他們的腸子這麼的長）「德國佬」，他們的排便量相當可觀。此一事實經過某位具有醫生權威地位的貝里隆（Bérillon）證實（根據1915年出版的「德國種排便多」〔La Polychésie de la race allemande〕）。他如此寫道：「過去所有入侵的勢力當中，最引人注目的，就是日耳曼這群烏合之眾長途行軍所排泄的大量穢物。早在路易十四時代，有人說，只要看排泄物的分量，遊客們就可以知道自己是否能夠越過下萊茵河區（Bas-Rhin）邊界，是否有能力進入

巴拉丁區（Palatinat）。

　　「比例上，德國人的糞便量比法國人多出一倍以上。法國墨赫特和摩賽勒區（Meurthe-et-Moselle）的苧麻造紙廠曾有五百名德國騎兵駐紮過三個星期。他們不僅食量大而且來者不拒。

　　「結果他們製造出堆滿了所有廠房的排泄物。有一組工人花了一個星期，清出了30,000公斤的排泄物。清理工作的費用非常高。穢物堆的影像被記錄下來。其高度令人難以置信。」

　　這使得德國人，我是說那些德國佬，如果聽見維多‧勒卡（Victor Leca，1914年出版的「打倒德國佬」〔A bas les boches〕）的驅魔咒時，也許得戴上奇大的面盔才行。他這麼說：

　　　拜倒在我們火紅軍褲前，顫抖不已的你
　　　別嚇得屁滾尿流，把你的雄才善辯，拉在
　　　你的尖尖的面盔裡吧！

Une Séance à la Chambre.

Ouverture de la Chambre　La Séance commence　La gauche et la droite prennent place　Mouvement dans le centre

L'ordre renaît　Le vôte de Confiance　La Séance est levée　La Cloture

透過繪圖或照片，拿眾議院和廁所作對比的主題由來已久，總是能夠博君一笑。尚·菲薩斯私藏。

明信片，1904。
尚·菲薩斯私藏。

　　喬治·勒諾特（Georges Lenôtre）對味道這件事，在「昨日與永遠的普魯士人」（*Prussiens d'hier et de toujours*，1915年出版）一書中言之鑿鑿地說：「許多飛行員都聲稱，當他們飛在德國的大都會上空的時候，鼻子都警覺地嗅到一種氣味，即使已經飛得很高都還聞得到。」

　　挖掘完糞便的題材之後，貝里隆醫生──自此成了名人──將矛頭轉向德國佬的泌尿系統，他在一本也還算是「科學」的著作「德國種族的汗臭味」（*la Bromidrose fétide de la race allemande*）中如此論述：「德國人身上散發一種特有的、令人作嘔且持久的噁心汗臭味，這種汗臭味（…）假如說用45毫升的法國人的尿液，可以殺死一隻實驗老鼠的話；那麼只消30毫升的德國人的尿液就足以毒死一隻實驗白鼠。因為德國人（…）腎虛疲軟，膀胱無法排出所有尿液。所以必須藉由足底汗腺排出；由此可推論德國人是從腳底排尿。」以上可證。

　　毋庸置疑對手也相對地使盡了各種招式進行政治宣傳攻勢。

　　關於此有一軼事，讓人回想到德國的WC──在各種用語中──又稱「朱利歐塔」（tour Julius）。該名取自古代德國斯滂道（Spandau）區的堡壘名，直至1914年之前，該塔面一直展示著法國人以賠償為名，歸還

Demandez dans tous les Cafés
l'Apéritif national Japonais à l'essence de chaussettes Russes

L'AMER D'OKU

AMER D'OKU

DISTILLERIE JAPONAISE
· TOKIO ·
AMER D'OKU
APÉRITIF SANS RIVAL

d'Oku

EXIGER LA SIGNATURE

Exigez que tous les Cafetiers vous servent
L'AMER D'OKU

明信片，1904。
尚·菲薩斯私藏。

他們在1870年普法戰爭中從德國所掠奪的戰利品。

鄉下小孩

小孩子總是天真無邪，對於公開便便並不感到羞報。正因為如此，約莫在十五年的光景中，法國總共發行了上百萬張小孩便便的明信片，而且大受歡迎。

他們往往是三兩成群，坐在便盆上，咯咯地笑著，因為小孩子總是享受這樣的時光，自得其樂。

然而這種利用小孩便便的商業手段，經歷1914至1918年的大戰後，產生了巨大的轉變。眾所周知，可怕的大戰犧牲了許許多多正值生育力的男性。當時的明信片（二十世紀初期，從歷史紀錄及反映社會的觀點來看，明信片扮演了非常重要的角色）呈現的不再是兩個或三個寶寶，而是數十個小小朋友散落在一大片的假造的花菜田中，由此令人聯想到提倡生育的意圖，又或者，有數十來件嬰兒裝被電話線吊在半空，電話線上掛著鼓勵生育的訊息。

還有，數十位小朋友在香噴噴的薯條上，或無數捲成牛角狀的報紙上，或坐在睡蓮上，或是飛在飛機之上，甚至端坐在大家熟知的夜壺上一起大合唱。

德國人（接獲情報？）不願在數量上示弱，也開始發行寶寶群的圖片。或許正因為彼此能夠相互較量，人口成長才得以達到平衡。

這也是如廁三部曲帶來的小小貢獻，它參與了這場動之以情的宣傳活動，帶來了令人歡慶的成效，直到下一次世界大戰再次爆發為止。

殉道者大倉將軍（Oku）

日俄戰爭期間（1904-1905年），日軍陣營出現了大倉將軍（Oku）（出生於日本福岡，歿於東京）這號人物，點燃了法國幽默家的熱情。大倉將軍因為他的姓氏，以及他個人詼諧的生命，恰巧替法國人提供了一連串唾手可得的笑話題材，包括如日本海一樣苦的開胃酒，以及他的生育力等等。

法國人筆下的這位倒楣將軍的各種遭遇，尤其利用如廁以及放屁等荒謬情境的漫畫，數量之多，無人可與比擬，可說是空前絕後。這些愛開玩笑的漫畫家多方研究之後，發現這也許就是後來喜劇裡「重複」手法的始祖。

> 歷史上，從未有哪一個民族和糞便的親密關係比得上「德國佬」，究其原因，乃是愛國心作祟。

占領與抗戰

廁所向來是隱蔽的藏身所，屬於靈感和自由的天地，同時也是塗鴉的最佳場所。

阿爾萊蒂（Arletty）在他的回憶錄（「我就是我」〔Je suis comme je suis〕）中提到如下一件趣事：「法國被占領期間，我遇見一名年輕人，他也以自己的方式加入抗戰。他到各個廁所，以紅色粉筆，把原本標示W.C.的地方，都加上『溫斯頓‧邱吉爾（Winston Churchill）』幾個字。他告訴我，他總共在幾百間廁所門上幹過此事。」

政治的國罵

「呷賽啦！[12]」這句有名的國罵無人不知，出自於岡本洪那（Cambronne）將軍。但如果他是對著一個英國人講，沒人敢斷言，他會惹毛的，將會是先後招降他的凱勒維（Calville）還是麥特蘭（Maitland）。

可是，值得注意的是，國罵的說法不勝枚舉。當拿破崙說外交家塔列朗（Talleyrand，1754-1838年）是「一只絲襪裡的大便」，遭指控者當然有理由生氣，因為用來表現卑劣的物質與一般咸認高貴的物品，兩相對照，顯露出對方惡意的唯一企圖。然而，當北韓獨裁者金正日（Kim Jong Il）自稱為nanjaengi ttongjjaru，意即「用於大便的小袋子」（出自「費加洛雜誌」〔Le Figaro Magazine〕，1994年11月12日），他無法擺脫東方世界的詩意說法。最後法院在判例中定義了侮辱的意義，例如「所有以蔑視及抨擊為形式，冒犯他人的表達均屬之，其中隱含針對任何事實的責難。」既然與責難有關，就不得不想到誹謗，後者所受的法律制裁更嚴重。

根據法規，侮辱的行為屬於告訴乃論，但其罰責不過

《快，快拍照！我剛發現了一個新的姿勢！》取笑法王威廉二世的諷刺漫畫，他熱愛拍照，據說，單單他的肖像照就有幾千張。繪圖奧斯托亞，1902。

是罰鍰（依照法國刑法第十一章修正條文第二十六條〔art. R 26 - 11°-du Code pénal〕），而且起訴案很少真的執行，否則法院將有審理不完的案子。

　　有兩類侮辱他人者不在遊戲範圍內：其一乃汽車駕駛人；另一則是政治人物。後者或是過於激情，或是詞窮，常容易脫口而出骯髒的粗話。以下的例子由看倌自行評斷：

　　——亞歷山大的大便槽（Alexandre de fosse d'aisance）：雷翁・多德（Léon Daudet）在「法國行動報」（Action fran aise）對法國總統米勒洪[13]（Millerand）干犯大不敬所下的定義。

　　——好個糞肥堆[14]：1936年賈克・多里歐（Jacques Doriot）[15]於法國聖・德尼斯（Saint-Denis）召開的大會中，對賈克・都克羅（Jacques Duclos）[16]的指稱。

　　——沾糞便的木棍[17]：馬當・薩勒瓦多里（Martin Salvatori）在「尤維納」（Juvénal）書中的一篇文章中，對內政部長雷翁・馬何帝諾—德普拉（Léon Martinaud-Deplat）的說法。

　　——鄉巴佬[18]：國會議長賀內・梅耶（René Meyer）對獸醫專業出身的內政部長夏何勒・布呂那（Charles Brune）所冠上的修飾詞。

　　——腳印便便：弗洪斯瓦・布罕涅歐（François Bringneau）右派政評家自創封給內政部長克里斯狄昂・福歐（Christian Fouchet）的綽號。

　　——腦子便秘者：激進派衆議員昂德黑・馬厚賽里（André Maroselli）

《魯維埃內閣》。莫里斯・魯維埃（1842-1911），當過國策顧問主席和財政部長，之後二度擔任國策顧問主席，　生醜聞不斷（裝橫事件、巴拿馬事件）。尚・菲薩斯私藏。

LES MINISTRES SUR LEUR TRÔNE
(Ca porte bonheur)

對同為眾議員的無黨籍政治人物莫里斯・喬治（Maurice George）的評語。

——討人厭的傢伙[19]：昂德黑・馬侯賽里（André Maroselli）1954年批評夏何勒・艾合呂（Charles Hernu）的字眼。

——麻煩製造者：1956年當時擔任國會議長的艾德嘉・弗荷（Edgar Faure）對「法國聖賽黑城（Saint-Céré）的文具商[20]」皮耶・布賈（Pierre Poujade）老愛興風作浪的形容詞。

——大便：雷翁・多德（Léon Daudet）——又是這位仁兄——對阿里斯帝德・布里昂（Aristide Briand）的甜言蜜語。

——沾了糞便的人：記者尚—莫里斯・艾何曼（Jean-Maurice Hermann）斥責尚・賈勒提耶—波瓦西耶荷（Jean Galtier-Boissière）的用語。

——糞肥[21]：皮耶・拉瓦勒（Pierre Laval）對愛杜阿・達拉弟耶（Edouard Daladier）的謙稱。

傑貝為「查理周刊」所繪的插圖〈第333號，1977年3月31日出版〉。

---

[12]原文為《Merde》。

[13]全名為亞歷山大・米勒洪（Alexandre Millerand）。

[14]此乃照字面譯，意譯指人渣。

[15]法國政治人物，曾任聖・德尼斯（Saint-Denis）眾議員及市長。原為共產黨員，被開除後，轉向法西斯主義。成立了法國人民黨並於1936年創辦「自由報」（*La liberté*）。

[16]1920年加入法國共產黨，並於1926年成為中央黨委。法國共產黨遭到法國政府打壓，轉為地下組織後，因為首腦避到莫斯科，他擔任起發言人。1942年與Pierre Villon共同成立了法國前線黨。第二次大戰後，曾當選過參眾議員，並曾為法國共產黨推舉為總統大選候選人。

[17]此乃照字面譯，意譯為找碴的傢伙。

[18]和法文牛糞bouse諧音。

[19]依原文字根乃指以糞便玷污別人的人。

[20]意指支持小資本商業。

[21]意指人渣。

——瀉肚子的嘴臉：阿勒貝何・巴哈茲（Albert Paraz）對弗洪斯瓦・吉胡（François Giroud）的阿諛諂媚之詞。

——草包[22]：法國共產黨員瓦戴克・侯歇（Waldeck Rochet）對讓—賈克・賽何方—史海貝（Jean-Jacques Servan-Schreiber）說的嬉皮笑話。

——一只尼龍襪裡的大便：此乃拿破崙對塔列藍德所說的名言之更新版，安東・布隆丹（Antoine Blondin）1947年一想到菲里斯・古安（Félix Gouin）[23]時，給自己的稱號。

——吃大便長大的：記者侯杰・賈普葛哈斯（Roger Capgras）1953年寫國會議長賀內・梅耶（René Meyer）的話。

——拉屎的人：無黨籍眾議員阿瑪・拿胡（Amar Naroun）1953年批當時內政部長夏何勒・布呂那的用詞。

——鏟糞的圓鍬：1938年工會會員吉勒・特拉德（Jules Teulade）用來形容賈克・都克羅的字眼。

——滋潤原野的噓噓：記者侯杰・賈普葛哈斯批議長保羅・海諾（Paul Reynaud）的詩意用詞。

——狗屎的塔列藍德：雷翁・多德暗批國會議長阿里斯帝德・布里昂之語（Crapouillot，1977年特刊中引述之語）。

席哈克（Chirac）與他的直言不諱

除了上述之外，還有政府（部長的言論）發表的隻字片語以及一些搬磚頭砸腳的言論，落人口實，之後被媒體樂得加以炒作。1988年法國席哈克政府的前總理雷蒙・巴赫（Raymond Barre）對自己的職位毫無戀棧，他總想起當初任職農業部長的過程，於是他撂下這樣的一句話：「無法拉著一頭正在尿尿的驢前行。」顯然沒錯。之後，還有愛德華・巴拉杜（Edouard Balladur）針對對手陣營的總指揮尼古拉・巴吉何（Nicolas Bazire），他以更強硬的語氣批評：「這個還在襁褓中自命不凡的小鬼[24]老想著每天早上如何撒尿在別人的身上。」（引述自「斷頭鴨周刊」〔Le Canard enchaîché〕1995年5月3日）。這就是法國第一位因國罵躍上英國太陽報頭版的部長級人物。這份非常受人歡迎的報紙在引述時，似乎還保留了些許同情之意。

又是眾所周知，喜歡直言不諱的賈克・席哈克（Jacques Chirac），他經常於官方訪問的旅程中，抱怨行程過於緊湊，無法適時滿足生理的需

求。但這位政壇老馬似乎將一切歸之於宿命。他說：「政治就是這樣。喝了水，然後就尿尿和大……盡其所能吧！」

[22]原文指很沒用的人。

[23]政治人物，曾擔任法國臨時政府的總統。

[24]此為引申義，照字面的原義乃指被糞便弄髒的人。

　　天啊！

　　「斷頭鴨周刊」的「本周最蠢新聞」（1989年）專欄中報導過一則軼事。話說密特朗（François Mitterand）每年的聖靈降臨節[25]都會穿著巴多卡斯鞋（Pataugas）攀爬索綠特海岩（Solutré），隨行有許多死忠的崇拜者及攝影師。該刊評論說：「緊接著這場有名的神聖攀岩活動後，是午餐時間，前部長喬治·費里烏（George Fillioud）感到一陣內急，這是再自然不過的生理需求，於是他悄悄地溜到該地那處為天皇老子設立的神聖廁所。他向守衛情商了很久，後者終於心軟。但是偏偏就在這個時候，這位受支持者崇拜的領導人突然也感到和前內閣部長相同的生理需求，來到這個聖地的門前。驚慌的警察嚇到了看守廁所的守衛人員。後者像瘋子般猛敲緊拴的門，對著裡面的費里烏先生大喊：「出來！這是總統的廁所！這是總統的廁所！」這一位懂得登高必自卑的總統走到守衛的身邊說：「讓他上吧！別傻裡傻氣的。這種事哪裡能夠用命令的！」

　　「天皇老子真是平易近人」，以諷刺見長的這本周刊為這一則軼事，下了這個註解。

[25]又稱"五旬節"（猶太人的）。聖靈降臨節為復活節後第七個星期日，該節法國放假兩天。

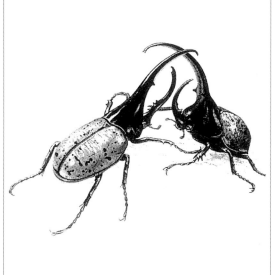

CINQUIÉME PARTIE

第五章

無奇不有

BLAYAIS
LA PISSOTIÈRE DE
L'IMPÉRATRICE
MARQUE DÉPOSÉE
APPELLATION BLAYAIS CONTROLÉE
MISE EN BOUTEILLES PAR LE PROPRIÉTAIRE
Pascal GAUTHIER
VITICULTEUR, PEUJARD (GIRONDE)

L'histoire raconte qu'en 1809 l'Impératrice
accompagnant Napoléon aux guerres d'Espa-
gne éprouva en passant au bout de ce vignoble
un besoin pressant. Depuis lors, cette parcelle
cadastrée sous le nom de « Congaillard » produit
des vins jouissant d'une honorable réputation.

WETTERWALD FRÈRES, BORDEAUX

波爾多地區生產的葡萄酒標籤。

前頁圖說。左圖：一大清早在沙灘上的畫家亨利·德·土魯斯─羅特列克。亞比博物館藏。
右圖：有名的《食糞蟲》或稱長戟大兜蟲。

無奇不有的廁所行業

「人人都有內急的時候」，中古時代巴黎街頭巷尾的公廁業者（或看管廁所的人）如此吟唱。通常這個行業的人都穿著一件大斗篷，左右手各提著一只水桶，當路過的行人經他們說服（或忍不住了），他們以保全的陣勢將行人圍起來，以迴避他人的目光。向對方介紹右手的水桶供小號，左手的供大號。

等對該工作熟稔、具有專業素養之後，業者除了動作靈活和精準之外，還會依據顧客的嘆息、面部的表情以及社會階層的不同，給予不同的言語鼓勵：「先生，您請慢慢來，我一點也不趕。老爺您千萬別太用力使勁兒，會傷身體的。」偶爾，為了緩和氣氛，業者會冒昧獻上幾則無傷大雅的笑話：「啊，顯然老爺子吃了太多聖·歐坡郡（Sainte-Opportune）沼澤的甜瓜了；這個季節，可得小心些。這些甜瓜水分可多呢……」

公廁行業沒有固定價碼；雖然算是公共服務項目之一，但卻稱不上是公務人員，通常顧客只需給點兒小費就足矣。然而只賺幾文錢通常是不夠的，所以，就像那些聰明的理髮師傅會向顧客推銷神奇的美髮水一樣，公廁業者們早已知道運用心理戰術，靈巧的對顧客旁敲側擊的探問，並找機會向他們推薦自己事先準備好的輕瀉劑或止瀉劑，或是一些減輕痔瘡疼痛的藥膏。

這個小小的美好行業最後沒落的原因，乃是因為包括貴族在內的社會各階層人士，大家隨地大小便的現象愈來愈離譜。公廁業者逐漸凋零沒落，他們身上的斗篷破舊不堪，也無法再對那些害臊的顧客提供合宜的服務。於是，他們吟唱，然後也請大家和他們一起傳唱：

披著一件大斗篷，我經過這個市鎮，
提著兩只水桶，供人立足小解，
但你們看哪！今日的人們隨地便溺，
我不再蹚這趟渾水，這行業算是唱完了。

話說到了十六世紀……人們一點也不自制，或是蹲在牆角，或是對

著車子進出的大門⋯⋯方便。看來，公廁業者真應該重出江湖。

　　反觀英國，上述的公廁行業倒是一直持續到十九世紀初期，連且西班牙於1850年左右，都依然可見廁所業者的身影。

夜壺事件

　　1882年某位勒斯鄂先生（M. Lesueur）被一則刊於「費加洛報」上、不甚起眼的讀者回函所激怒，想起法國投石黨人[1]（La Fronde）對抗瑪札罕（Mazarin）時，這位紅衣主教的大批擁護者與敵對的投石黨人彼此對峙、互擲夜壺的事件。

　　於是，有一天勒斯鄂先生特地使用了夜壺如廁，再悄悄地把夜壺藏在他的斗篷底下，然後前往里奇咖啡店（café Riche），他在門前小心戒備的四面張望，因為貝希維耶（Périvier）先生常來這家咖啡店。後者是當時一家報紙的總編輯，勒斯鄂先生認為該報讓自己遭受屈辱。至於後續的情節發展，不用猜也想得到。

　　貝希維耶先生被灑了滿頭滿肩的糞。儘管如此，仍不足以打消勒斯

第三共和國和它的「國家大事」！
尚‧菲薩斯收藏。

鄂先生的怒氣。後者甚至跑到報社的各編輯室，大聲嚷嚷他剛才幹的好事。總算讓他扳回了一城。報章媒體都以特刊登出這則新聞，頭版標題寫著「夜壺事件」。勒斯鄂先生頓時聲名大噪，此外，貝希維耶先生滿腹的委屈心酸，終將此事鬧上法庭。

「覺醒」（Réveil）雜誌對1882年3月25日兩造辯論的場景下了如是的評論：「男人的腿上坐著女人，女人的腿上坐著男人。法庭人山人海。法官擠身人群中辯護。不知情的人還以為置身於馬戲團。」

廁所，非廁所

一則光怪離奇卻微不足道的爭論，在上世紀末延燒了好幾年，引發各方關切者的爭辯，但始終無法達成共識。各執己見的雙方從未聽過像詩劇「恨世者」（Misanthrope）[2]第一幕第二景中，阿勒塞斯（Alceste）蔑視歐洪特（Oronte）所寫的十四行詩，並斥責後者時所說的一句話：

坦白說，最好收到小房間[3]去！

市集上的打靶遊戲。只要打中上方的黑點，遮住人形圖案的板子就會轉動，露出他的手肘！約1930年代。尚‧菲薩斯私藏。

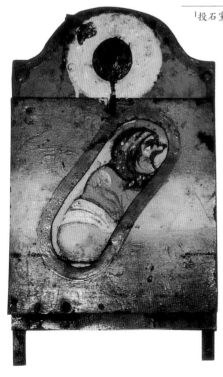

[1]投石黨，La Fronde，指1648到1652年間的反朝廷運動。

[2]此乃法國新古典主義時期有名的戲劇大師莫里哀的作品。

[3]原文為cabinet。

小房間？好，就算是小房間吧！但什麼樣的小房間呢？看，這就是問題所在。

最早也是想法最單純的評論者，他們認為上述的解釋並無疑問。他們認為：因為這首十四行詩寫得太糟糕了，所以最好收到廁所（cabinet d'aisances）去吧！某些人立即反駁，主張：「且慢下定論！」他們認為莫里哀是個十分小心謹慎的人，不可能讓阿勒塞斯講出這麼一句粗俗的台詞。此處指的當然不是廁所，因為當時廁所這個稱呼尚不存在，此處乃是指某種可以放置一些小玩意兒，例如單片眼鏡或珠寶等的小家具。反對者同時引述了其他詩人對這類小匣子的描述文句為證。針對那些他想嘲諷的女學究，海尼涅（Régnier）不就如此寫道：

「一陣強風」。銅版畫，十九世紀。
卡納瓦雷博物館藏。

　　吟她們美麗的詩，夜以繼日，
　　收在小匣內，置於枕際。

　　「不！」其他註釋者堅決否認。他們認為這裡既與廁所無關，也不牽
涉鑲嵌了桃花心木的小匣子（也有人稱之為德國小盒子或聖羅蘭集物
匣），後者用以收藏未發表的紙稿。此派認為，這裡講的反倒意指一處隱
僻之地，一間僻靜的房間，做為工作室的地方，在那裡可以讓人享受獨自
一人讀書或寫字的樂趣。支持這派說法的人士請出了高乃依（Corneille）
做為佐證：

　　親愛的姐姐，請給這首糟糕的十四行詩一點兒意見，
　　這是我方才在寫字居裡潦草完成的作品。

這是「梅麗特」（*Mélite*）一劇中第一幕第五景，提何西斯（Tircis）對克蘿里斯（Chloris）所說的一段話。支持上述說法的論者解釋說，這才是阿勒塞斯想表達的意思，他想告知歐洪特除了寫字居外，別將文稿收藏在別的地方，尤其是一首非常彆腳的十四行詩。

另一派的說法遲遲才發聲，他們表示完全不認同上述各家所言，他們認為上述的說法完全錯誤，應該以另一種方式來詮釋。對他們而言，小房間指的當然是一間房間，但絕非尋幽探靜之所。正好相反，此處乃指一間小會客室，專門接待熟悉的朋友與貴客，彼此間野人獻曝一番，刺探其他人對自己的新作品的反應。

都維涅（Duvignet）、聖一馬克‧吉哈登（Saint-Marc Girardin）、德‧比耶維勒（de Biéville）、馬和提一勒沃（Marty-Leveaux）以及杰男（Génin），甚至連利特海（Littré）都反對此種說法，他們在報紙上大力批評，大書特書，最後他們的意見更引發了最偉大、最令人信仰的文學大師們爭相發言，侃侃談論他們的看法與依據。

還有人認為應該將這個問題與阿勒塞斯的心理狀態相提並論：此人之前的性格很直接、很衝動，以至於見山是山、見海是海……所以真正的解答也是唯一的答案，那個房間指的是「解決自然生理需求的隱密處」。附和此說的人士也同意其他人的看法，後者指出在莫里哀創作的幾齣劇本中，作者從不忌諱直接引用露骨的字眼；再者，那個時代也沒有人會覺得不自在。

所幸，終於有調停者現身。他似乎得到神啟的智慧，或許是莫里哀的靈魂在他的身邊悄聲告訴他。他說，每個人講得都有道理！沒錯，是莫里哀故意製造模稜兩可的意象，讓每個人以自己高興的方式去詮釋。

不可思議的冉森派教徒的木桶

擁護冉森派六品副祭巴里斯（Pâris，1690-1727年）的狂熱分子，在巴里斯死後仍到處蒐集他的隻字片語，他們承認對於路易十五（Louis XV）（「放蕩荒逸的國王」）恨之入骨，決定「欲去之而後快」。

律師暨歷史學家賈克‧柏薛

銅製香菸盒，1900年。大便桶裝香菸，小尿桶裝火柴，掃把可用來當刮刀使用。尚‧菲薩斯私藏。

（Jacques Peuchet，1758-1830）從一位密謀者口中得知他們如何進行。他提到，「他們製作了與真人路易十五一樣大小的蠟像。將蠟像直挺挺的完全塞進一只木桶裡，而且每天（…）我們教會裡的兄弟姊妹（…）會到這個木桶小解。並且使用我們的六品副祭聖人的前手臂骨頭在其中攪動。（…）等我們排泄的液體超過蠟像的頭部之後，路易十五本人不僅被尿液淹沒，同時也將因他的惡貫滿盈，窒息至死。」

這些狂熱的冉森派教徒也鍾愛他們所稱的「聖糞」：那是一名瑞士人連續八天便秘後，有一天，一坐到聖人的桶子上時，馬上大量腹瀉。這些排泄物被蒐集在一只甕中，從此成為信徒膜拜崇敬的聖物。

神聖的食糞蟲

如果要證明糞便和神聖之間的關聯，食糞蟲（長戟大兜蟲4）就是眼前雖卑微卻神聖的代表。有如希臘神亞特拉斯（Atlas）能夠隻手頂天立地，掌控天下，這位擁有一襲美麗胄甲的騎士也不停將糞渣滾成珍貴的圓球。同樣地，牠也被列為方尖石碑（Obélisque）上的天神之一，埃及人奉牠為神加以膜拜，相信牠永生不滅。

牠也是埃及神話中以月長石製成的聖甲蟲（scarabée sacré），當牠離開了推糞球的俗世後，升到天空推星球和太陽。法老王阿邁諾菲斯三世（Aménophis III）是最早發現聖甲蟲、並賦予牠與之相配的神聖性的人。他召來他的雕刻師父，以玫瑰大理石打造一尊巨大的食糞蟲，並運到卡納克（Karnak）聖湖岸邊。

這位打造糞便的蟲蟲藝術家因為高效率的生產，讓人為牠豎碑。牠

卓別林圖案的瓶塞。臀部有一氣孔，液體可從帽子上的小孔倒出來。約1930年代。尚‧菲薩斯私藏。

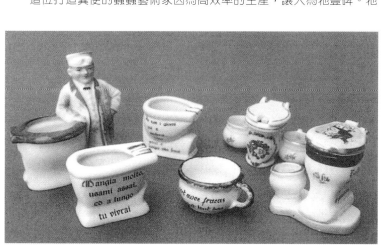

陶器與磁器〈1900-1960〉。尚‧菲薩斯私藏。

有工具可以挖掘、塑形以及運送比牠自己體積多出十倍以上的糞便。

古代先民的崇拜並非毫無意義。食糞蟲是樂善好施的好蟲。牠的排泄物有利肥沃土壤，因為牠產出肥料的質量百倍於牠狼吞虎嚥的總食量。園藝工作者甚愛的蚯蚓，相較於牠，不過是個濫竽者。

牠簡直是再完美不過的清道夫。科學家認為如果少了牠，大地長久以來將覆蓋上百公尺的糞便哪！亨利（Henrich）及巴托繆（Bathomew）等學者在肯亞動物園做了些決定性的實驗。他們撒下大約半公斤的大象糞便做為誘餌，他們注意到15分鐘內就吸引來3,800隻食糞蟲，在不到幾秒鐘的時間內，牠們就完全清除了地面上的大象糞便。之後，他們再以30公斤的糞便做誘餌，結果吸引了數萬隻食糞蟲，後者依然在幾秒鐘之內，將誘餌一掃而空。牠們的清除行動附帶地減少蒼蠅滋生，降低蒼蠅肆虐的負面影響。

蒼蠅猖獗引起的負面效益，以在澳大利亞發生的所謂的「游擊[5]」蒼蠅肆虐最為可怕，並且造成嚴重的生態失衡問題。這種蒼蠅最喜愛在剛排出的潮溼牛糞中覓食，並大量快速的繁殖，而這些牛群牧養的數量日漸增多。

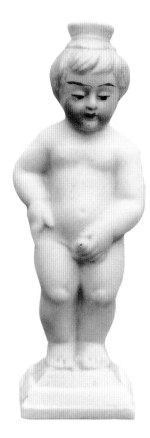

將水注入小人偶，壓一下頭部，水便會從他的尿道流出。約1900年代。尚．菲薩斯私藏。

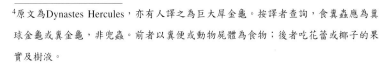

[4]原文為Dynastes Hercules，亦有人譯之為巨大犀金龜。按譯者查詢，食糞蟲應為糞球金龜或糞金龜，非兜蟲。前者以糞便或動物屍體為食物；後者吃花蕾或椰子的果實及樹液。

[5]原文為de marquis。

正因為如此，才需要引進食糞蟲。自1965年起，官方研究實驗機構——澳洲聯邦科學暨工業研究組織（CSIRO）——開始對非洲食糞蟲的行為感到興趣。這些非洲食糞蟲回應了實驗者的期待，認真地執行牛糞的清理工作：「引進的這些食糞蟲扮演了關鍵的角色，因為牠們能夠掃除及清理牛糞的區域，同時抑制蒼蠅叢聚滋生。」

有鑑於此，於是「浩大的食糞軍東征」於1994年展開，直到1996年。澳洲的義工自願參與這項活動，不僅隨身攜帶表格與問卷，還配備工具盒，裡頭裝有「查考糞便」以及檢查各種食糞蟲行為所不可或缺的工具。

他們必須以鏟子蒐集糞便，再倒進水桶中。當糞便流動時，聖甲蟲也會跟著游泳。這時只需將這些昆蟲小心地撈起，再送至實驗室，加以分門別類即可。

負責這個專案的人表示，這項活動獲得莫大的成功。

磁器鹽罐（1900-1925）。
陶製大啤酒杯。約1960年代。尚‧
菲薩斯私藏。

謀殺的陰影

從偵探的角度來說，有時最單純的事往往有出人意外的結果。這句話正好說明了發生在亞當夫人（Mᵐᵉ Adam）身上的不幸遭遇。她的創作和所主持的沙龍在法國第三共和時期的政治文壇上具有舉足輕重的地位。

1881年7月媒體大肆炒作一樁涉及秘密包裹的謀殺案，巴黎的某位伯爵險些被害。當時，巴黎市當局以及官方正處於無政府的混亂中，時局充滿著陰謀造反，到處都可能有破壞及暗殺的爆炸裝置（如費耶希〔Fieschi〕的武器）。然而，調查的結果並無任何斬獲。

夏何勒‧維勒麥特（Charles Vilmaitre）在「巴黎警察」（Paris-Police）一書中寫道：「這樁謀殺案當時漸漸為人所遺忘。」「新雜誌」（Nouvelle Revue）親切又迷人的主編亞當夫人有天在自己的信箱中，收到一件看起來不怎麼大的包裹，看上去是一個高貴的小盒，散發著芳香，非常可愛，並且繫了象徵和平的綠色緞帶；她留神的看著這個包裹，狐疑地猜測裡頭的內容。

《農民喜劇文學》。尚‧菲薩斯私藏。

之後，她把盒了擺在辦公桌上；所有的同事全都圍觀過來。

「打開吧。聞起來很香耶。可能是口香糖吧。」其中一人說。

亞當夫人不抽煙，對方毋需花費如此特別的心思。

「應該是葛海維先生（M. Grévy）送的禮物；可能是撞球贏來的禮品吧。或者基於預算，所以送妳一些由他主筆的文章，要不然我想是他送的羽毛筆禮盒吧？」另一位這麼說。

亞當夫人沉思著；她快耐不住性子；她手裡已經握著剪刀，但是就在瞬間，她恍然大悟，俯首直拍額頭。她想起那樁謀殺案，以及死裡逃生的巴黎伯爵。

「或者是有人要我的命吧？」她說。

「唉呀！有誰會這麼想呢！」方希斯科‧沙何西先生（M. Francisque Sarcey）說道，「所有人都談論妳。妳是共和國沙龍界的女神，『新雜誌』成功贏過『雙世界雜誌』（Revue des Deux Mondes）的名聲，若說？……噢！不可能！布洛先生（M. Buloz）不可能和無政府那幫人勾結。」

但是方希斯科先生小心謹慎的退到窗邊，藉口室內空氣鬱悶，推開窗戶。

亞當夫人馬上寄一封限時信給警察局長昂德里奧（M. Andrieux）先生。信函中簡述事件的過程。局長火速趕來：「對待女士，總要表現優雅」古老的歌裡是這麼唱的。再者，局長先生過去向來喜歡表現得一派神秘。

警察局長一抵達現場，馬上有人將盒子交給他：他閉著一隻眼，定睛瞧著，完全不碰盒子，他左手托著下巴，他最愛表現一副深思熟慮的神遊模樣，因為他相信以下這句有名的教訓：謹慎是安全之母！思索琢磨之後，他立即叫人準備紙筆，當場延請市政府實驗室的主任到現場來；後者駛來一輛消防車，並帶了一些籃子。那個盒子以超乎想像的謹慎被取了下來；裝進一只籃子中，四周裹以棉花；然後，車子以正常的車速運送此物，以防任何撞擊造成爆破的意外，一路開往警察局，車子兩旁各有為數可觀的便衣警察隨行。籃子放置於安全的地點後，就等著化學專家進行分析。

從一大早起，一支木匠隊伍湧進城中消防局的廣場；許多板車上沉重地載了大量的木材，工人開始動工，搭建約十公尺高的臨時鷹架；鷹架

搭建完成後，大家以無可比擬的小心與謹慎的態度，將盒子移到位於鷹架中間的最高處；盒子事先以一條非常長的繩子繫住；實驗室的一名雇員負責拉起繩子，並請其他協助人員退避三尺之外：一見到約定的信號，那名雇員用力一拉：那盒子立即掉落下來……不但沒有爆炸，相反的溢出一股味道……氣味之重連這位人稱脾氣溫和的昂德里奧局長，都忍不住破口大罵：

「可惜這場實驗的地點不在勒哈芙（Le Havre[6]），不然一定有人會說：『這裡可以聞到海的臭腥味！』」

---

[6]法國第二大港。

嘉布欣歌劇院名演員珍娜・荷努與異味四溢的花

1920年1月16日，嘉布欣（Capucines）大道的歌劇院前上演了一樁慘劇。

真正的兇手（依舊行蹤不明）仍未落網。法庭只逮捕到共犯，也算是遲來的正義吧！這場意外在巧妙的安排下，結局大出所料，因為收花者並非珍娜・荷努小姐（Mlle Jane Renouardt）本人，而是一名跑龍套的替身，珍娜・荷努小姐替這人化了妝，請她扮演自己。

以下就是「晨報」（Le Matin）1920年2月8日和9日對該事件的描述：

「預審法官瓦罕先生（M. Warrain）昨日負責從法律的角度，審理分析一件慘劇的過程。該慘劇由好幾位巴黎演員以及一位『業餘』表演者共同演出，上演地點就在嘉布欣大道的歌劇院前。

「法官已經掌握其中一名飾演報攤小販、自稱皮斯梵（Pisvin）的演員：該名演員被雇請演出最致命的一招。

「皮斯梵毫無疑慮地坦承他扮演的角色中所有的內幕：有一位神秘的男士與他約定以100元法朗的報酬，並先行支付25元法朗，『聘請』他送給珍娜・荷努小姐一束花，而且花朵必須散發令人不堪的氣味。他並表示不知道那位神秘男子的姓名以及住所。

「珍娜・荷努小姐非常樂意地對大家娓娓道出那天這樁悲喜劇的經過。

摘自某惡作劇和搞笑道具目錄（1920）。

536.――肚子痛得搖頭晃腦的老伯伯――和他的幾位老兄一樣，這位「肚子痛」的老伯伯在眾人的笑聲中繼續上他的廁所，但是，他的頭會上下晃動，而且愈晃愈厲害，也可以左右擺動。（使用和534號玩偶一樣的電池）

《肚子痛的老伯伯4號》

536. — PÈRE LA COLIQUE A TÊTE TREMBLANTE. — Exactement comme ses frères, ce père « La Colique » se soulage au milieu des rires, mais il possède une tête vibrante, qui se dandine en cadence augmentant ainsi considérablement le côté comique de cet article.

(Utiliser les mêmes pilules que le n° 534).

le père La Colique 4 xu

「她對我們說：『有好一陣子了，巴黎某位名演員及其男友視我為眼中釘。我從一些小道消息得知，這一對戀人要密謀殺害我，並且打算要幹得驚天動地：趁我下車時，汽車停在嘉布欣大道的歌劇院門前，那是我表演的地方，依照他們的計畫，有名配角要來到我前面，獻上一束臭味四溢的花束。這一幕本該於1月16日傍晚上演。但我決定不讓這一幕如他們所預期的上演。我請來了警察先生，在歌劇院四周部署便衣警察，而我的朋友瑪賽勒·瑪麗翁（Marcelle Marion）小姐出乎我的意料之外，自願代替我，充當收花的受害者。瑪麗翁小姐穿上我的大衣，戴上我的帽子，坐在我的轎車內，在晚上八點時被載到嘉布欣大道歌劇院。至於我，經過喬裝，以厚厚的面紗遮住臉，我去到嘉布欣大道，在劇院入口處旁等待。我瞥見這次悲劇肇始者在距離我不遠處：他們可不想錯過這齣『首演』。瑪賽勒·瑪麗翁小姐依照時間來到嘉布欣大道歌劇院前，然後下車。馬上有名配角上前遞給她一束紫羅蘭和一束金合歡，並說道：『努荷小姐，這是甘松先生（M. Quinson）要送給妳的花。』這個替人辦事的小丑，他手中的紫羅蘭花束中藏著『巧克力奶油』，而金合歡花束裡裝有令人憎惡的東西，當他還來不及將花送到對方手中，立即遭到埋伏的保安局人員加以逮捕。這個人坐我的車到警察局，並承認有人花錢雇請他獻上這些怪異的花束。這齣慘劇雖然排練得很好，到底還是『敗筆的演出』。

「我指出那名女演員及她的男友，並正式對他們提出告訴。我相信事件經過喧騰擾攘之後，法律的正義已經得到了伸張。

「早在今年元旦，珍娜·努荷小姐收過到同一個人送來的精美盒子，裡面裝了玫瑰色絲綢，包裹著一隻死掉的老鼠以及署名將軍謝里夫帕夏（général Chérif pacha[7]）的名片。」

---

[7]此乃十九世紀末埃及的軍官的官銜。

芥末罐

追溯至調味料不發達的年代，有個傳統乃是將芥末和我們熟知的材料相比。那些人稱「藝術大師」的陶匠，想法都很單純，他們認為只要色澤及硬度都恰到好處，便能夠做出讓桌上氣氛更輕鬆的藝術作品——亦有人稱之為「博君一笑」——他們確信自己的創作能夠獲得商業上的成功，而且，想當然耳，總讓女士們感到窘迫。

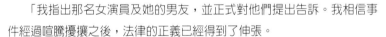

鐵皮材質的德國玩具〈高18公分〉。約1900年代。尚·菲薩斯私藏。

　　此外，近一個世紀以來，我們也可以在整人玩具店發現相類似的商品，它們被擺放在強調以糞便趣味營造「笑果」的商品旁邊。通常它們都是最熱賣的商品。例如可以找到「屁多話[8]」的玩具電話，模擬放屁的聲音，以及「便便煙盒」或「放屁糖錠」等等。

　　這類的發明多得不勝枚舉，等商品推出後，上述「藝術家」陶製作品更是有增無減，除非有其他藉口，否則所有的作品依然被用來裝芥末使用。芥末罐的風潮持續了將近一百年，橫跨了十九和二十世紀。芥末罐也成為收藏家的珍藏品。

標榜《臭味起司》的乳酪盒蓋，含45%的脂肪《約1950年代》。尚．菲薩斯私藏。

鮑里斯．維昂挑戰警察

　　多才多藝的天才鮑里斯．維昂（Boris Vian，1920-1959）身兼音樂家、工程師、作家以及詩人等頭銜，似乎有時可以發現在他的幽默背後，其實藏著些許的落寞。但這並不對他造成衝突，他同時也是個愛好生活享受、熱愛汽車以及……喜歡開玩笑的人。

　　諾艾．阿荷諾（Noöl Arnaud）在著作「鮑里斯．維昂的平行生活」（Les Vies parallèles de Boris Vian）敘述過關於火熖（Brazier）骨董車的矛盾趣聞。話說鮑里斯有天得到一輛不錯的火熖1911（Brazier 1911）的汽車，既光彩耀人又配備許多功能：「有鐵絲、螺絲以及各式各樣的汽車零件在許多的小格子裡；汽車的一側，有拴上水龍頭的水箱、一個洗手的洗臉盆、一把刷子加上修指甲的工具以及肥皂等等。」

　　但這還不是全部。

　　「火熖的後座，在右方隱藏了一個馬桶座，而且是活動式的。如果用刀一拉，就可以看見路面。鮑里斯的想法是讓車子給顧荷奈勒（Gournelle）開。自己光著屁股，腿上蓋著毛毯，坐在這個夜壺上。他已經決定好開始動作的地方：香榭麗舍大道（Champs-Elysée）和克萊蒙梭大道（Clemenceau）的十字路口。顧荷奈勒把車子開到交通警察面前問路。此時，鮑里斯開始減輕腸胃的負擔。之後，汽車

大家都對第一批海豚的糞便〈路易十五〉很感興趣，它的顏色為芥末色，從此《海豚大便》芥末色馬上大受宮廷人士的歡迎。

明信片〈1900〉。尚・菲薩斯私
藏。

再緩緩往前開，從交警眼前開過去的時候，交警頓時可以看到地上，離他
制式皮鞋30公分處，留下了鮑里斯的『個性名片』。」

---

[8]原文為petophone，此為音譯。

孩子與便便

　　如廁三部曲總是可以逗得孩子樂不可支，小孩子們總是能夠肆無忌
憚的談論這一類的事。基於取悅這類顧客群的目標，以及了解他們對此傾
向的事實，印象中最近出版的故事書，都與這個主題有著直接明確的關
聯。

　　這個主題對日本人而言，已經討論了好幾年——總是日本人——因為
日本作家長太新（Shinta Cho）早就出版了「屁屁的故事」（*L'Histoire
des pets*[9]，1989年出版）。這是一本富於教學意義的繪本，結合了基礎物
理和化學的概念以及人類和動物的生理學，並適時的注入了幽默的元素，
吸引家長走進故事的甬道。

---

[9]英文譯名為《The Gas We Pass: The Story of Farts》。

　　另一本故事書「怪獸的大嘴巴」（*Dans la gueule du monstre*，1994年出版），作者為格蕾特・巴貝（Colette Barbé）以及尚－呂克・貝那熱（Jean-Luc Bénazet）。故事敘述一隻「恐怖的怪獸」，偏偏牠誰也嚇不了，因為牠的嘴巴小得只能吞進幾隻昆蟲。可以感覺到牠為此很痛苦，特別是精神上覺得很苦惱。因此，牠去找整型大夫哈費斯托勒杜（Rafistoletou）先生。牠向醫生保證不會濫用整型後的大嘴巴之後，整型大夫才同意替牠切開了一個「像貨車櫃那麼大的嘴巴」。但是，這隻怪獸，想當然耳，沒有遵守牠的承諾，就近吞食了所有對牠沒有防備心的動物。

　　可惜，這隻怪獸聰明反被聰明誤！因為他的嘴巴變大了，可是屁股眼卻沒有變大，一樣是那一丁點兒大，真的就那麼一丁點兒大！他為此翹了辮子，所有的動物都這樣唱：

　　噢！那壞蛋，吃太多！
　　上面的嘴巴吃進去，
　　底下的屁股出不來。
　　自己活該！自己活該！

　　還有更直截了當的，例如「小鼴鼠的故事──誰在我的頭上搞怪」（*La Petite taupe qui voulait savoir qui lui avait fait sur la tête*，1994年出版），作者是渥那・侯茲渥斯（Werner Holzwarth）以及渥夫・爾布魯奇（Wolf Erlbruch）。這本書邀請小朋友分享一隻小鼴鼠姑娘的忿忿不平，因為她有天從窩裡鑽出來，突然有什麼東西砸到她的腦袋瓜：「那東西圓圓的，像咖啡的顏色，和香腸一樣長（…）稀哩嘩啦！」

　　她很生氣，一定要找到那個罪魁禍首。她先去問了蒼蠅。無所不知的蒼蠅馬上就指出兇手就是肉販家養的那隻叫做尚・亨利（Jean-Henri）的肥狗。小鼴鼠聽到消息後，她想要給後者一點兒顏色瞧瞧，於是趁著那條狗睡著以後，她跑到他的頭上丟了一團東西：「砰！一坨小便便」。然而，這一坨小便便一點也沒驚醒睡夢中的肥狗狗。

結論

　　塔列朗以詩文向美麗的凱莒絲伯爵夫人（Comtesse de Caylus）大

獻殷勤，卻無法打動美女的芳心。但是他百折不撓的堅持毅力，讓不堪其
擾的小姐不得不直接告訴他，那些他寫給她的紙片，全被她用來當做使紙
使用。塔列朗不但一點也不生氣，還回覆她：

　　去吧，小紙片，隨著你的宿命走吧，

　　但是當你與她肌膚相親之時，請代我向她表明我的心意。

餅乾紀念品：零錢桶。尚・菲薩斯
私藏。